나를 기쁘게 하는 색깔

나를 기쁘게 하는 색깔

시의 순간을 읽다

정은귀

마음산책

나를 기쁘게 하는 색깔

시의 순간을 읽다

1판 1쇄 인쇄 2023년 7월 15일
1판 1쇄 발행 2023년 7월 20일

지은이 정은귀
펴낸이 정은숙
펴낸곳 마음산책

편집 성혜현 · 박선우 · 김수경 · 나한비 · 이동근
디자인 최정윤 · 오세라 · 한우리
마케팅 권혁준 · 권지원 · 김은비
경영지원 박지혜

등록 2000년 7월 28일(제2000-000237호)
주소 (우 04043) 서울시 마포구 잔다리로3안길 20
전화 대표 | 362-1452 편집 | 362-1451
팩스 362-1455
홈페이지 www.maumsan.com
블로그 blog.naver.com/maumsanchaek
트위터 twitter.com/maumsanchaek
페이스북 facebook.com/maumsan
인스타그램 instagram.com/maumsanchaek
전자우편 maum@maumsan.com

ISBN 978-89-6090-826-0 03810

• 책값은 뒤표지에 있습니다.

산산이 부서지면서 피어나는 꽃처럼

그렇게 매일 상처 속에서도 피어나는 삶이 있고,

시의 선물이 있으니까요.

지금-여기에서 살기 위하여

1

쓰기와 읽기에 대해, 또 책에 대해 부쩍 생각이 많아지는 나날입니다. 책은 매일 홍수처럼 쏟아지는데, 그 홍수에 물방울 하나로 섞여 들어가는 일이 어떤 의미가 있을까 그런 고민요. 지면에 칼럼을 쓰고 연재를 하며 독자를 만나는 시간이 길어지면서 글이 어떤 타성에 매몰되는 것이 아닌가 하는 고민도 합니다.

앞의 고민이 제 글이 묶여서 출판되어 책의 물성을 갖게 될 때의 무게와 관련된다면, 뒤의 고민은 매일 읽는 시를 글로 새길 때 거기 담기는 제 시선에 대한 질문이겠지요. 그럴 때, 제 글을 이어가는 힘 또한 제 글을 읽어주시는 분들에게서 나옵니다. 때마침 당도한 어느 독자의 엽서. "잘 모르겠는 시가, 그래서 멀리하던 시가 가까이 당겨지고 눈이 트이는 느낌이라 오늘 하루 살아갈 힘을 얻었다"고 쓰여 있습니다.

어쩌면 제 글은 제가 읽고 번역하는 시가 없다면 태어나지 않았을 것이고, 저는 그 작업에서 오늘 하루치 살아갈 힘을 얻으며 가망 없는 공부 길을 한 걸음 한 걸음 걸어 여기까지 온 것 같아요. 문학 장르로서의 시가 죽었다는 말은 공부 길 내내 들은 말이고, 이제는 문학이 죽었다고, 문학이 별 쓸모가 없다고 대학에서도 문학 관련 학과들을 툭툭 잘라내는 시절에 대학에서 시를 가르치고 있으니까요. 대학 밖에서 시 강의를 할 때는 질문도, 시선도 비교적 자유롭지만, 대학 안에서 시를 읽을 때는 대학 졸업 후에 무엇이 되어야 하는가 고민하며 존재의 불안을 온몸으로 안고 고투하는 아이들의 눈을 바라보아야 하니까 생각할 것들이 훨씬 많아지지요. 그런데 저는 시의 힘, 문학의 힘을 믿는 사람이고, 저로 하여금 계속해서 시를 읽고 시에 대해 말하게 하는 것도 그 믿음에서 나옵니다. 늘 그 지점에서 출발해서 다시 돌아가는 반복 속에 저의 읽기가 있는 것 같아요.

그 읽기가 쌓여서 다시 또 하나의 책으로 나오게 되었어요. "나를 기쁘게 하는 색깔"이라는 제목은 윌리엄 칼로스 윌리엄스의 시 「목가」에서 따온 것인데요. 시인은 익숙한 거리를 걸으며 눈앞에 올망졸망 삐죽삐죽 선이 맞지 않게 즐비한 지붕들을 봅니다. 그 지붕에 깃들어 사는 이들의 삶을 생각합니다. 세월에 풍화되어 낡아가는 그 초록이 자신을 가장 기쁘게 하는 색깔이라는 긍정에 이를 때, 시는 우리가 살면서 소중히 여겨야 하는 것이 무엇인지를 넌지시 알려줍니다. 명예나 영광, 권력 같은 큰 이름들이 아니라 적절히 풍화된 초록, 그 푸르스름한 색으로 낡아가는 사람들, 그게 이 나라에 제일 중요한 거라고 하면서 맨 마지막에 덧붙이는 말이 있어요. "아무도 믿지 않겠지만".

아무도 믿지 않겠지요. 시의 힘을, 시의 나눔이 일으키는 파장을. 그러니 그렇게 아무것도 하지 못한다고 자주 못을 박겠지요. 하지만 가장 중요한 것들, 소중한 존재들에게서 우리가 쉽게 눈을 돌릴 때, 시는 바로 그것을 응시하게 만듭니다.

아무도 믿지 않겠지만 시의 힘은 그렇듯 눈에 보이지 않게 만들어지는 어떤 마음, 어떤 느낌, 어떤 각성, 어떤 파장입니다. '시poetry'의 그리스어 어원 'poiesis'에 바로 그 뜻, 만드는 일 'making, forming'이 담겨 있는데 제가 시를 읽는 일 또한 무언가를 만들어나가는 과정입니다. 미완성으로 머물지만 어느 순간에 도달하는 눈뜸이 있다면 그걸로 충분합니다. 어떤 대단한 것을 만드는 게 아니라, 우리가 잊고 있던 것을 되살리고 지운 것을 다시 보게 한다면 그걸로 충분합니다. 시 읽는 일을 업業으로 하는 제가 저의 시 읽기를 구체적인 글로 나누고자 하는 것도 바로 시가 만드는 그 무엇, 작으나 큰 그 파동을 믿기 때문입니다.

2

번역가이자 시 연구자로서 논문 아닌 다른 형태의 글을 쓰게 된 것은 오래전에 우연히 시작되었어요. "그렇게 오랫동안 공부한 것을 소수의 연구자들만 읽는 글에 담지 말고 더 많은 이들에게 차근차근 들려주어 시의 영성을 나누어 보면 어떨까요" 처음 제게 이런 형태의 글을 권하며 한국천주교 주교회의에서 발행하는 〈경향잡지〉에 지면을 선뜻 내주신 이기락 타대오 신부님의 말씀입니다. 그러니 제 글은 처음부터 시적인 것과 영성적인 것의 만남이었지요. 어떤 나눔이고 어떤 눈뜸이고 어떤 실천이었지요.

그렇게 시작한 글을 통해 시의 마음을 전하니 어떤 분은 감옥에서 편지를 보내오기도 했고, 어떤 분은 저 땅끝마을에서 고운 뜨개 선물을 보내오기도 했지요. 시든 글이든 읽는 일은, 읽는 순간 마음을 강타하는 충격이 있다 해도 지면을 덮으면 금방 휘발되는 성격이 있지요. 하지만 어떤 시와 글은 마음에 콕 박혀 오래 머무릅니다. 그래서 그 힘에 기대어 오늘을 살게 하고 어려운 한 순간을 버티게 합니다. 그걸 저는 제 삶의 경험을 통해 알았기에 저는 시가 전하는 힘을 나누고자 했고, 제 글쓰기는 순전히 제가 느낀 바를 나누는 일, 그 이상도 그 이하도 아닌 소박한 걸음에서 시작했지요. 그렇게 쓴 글이 하나둘씩 모여서 책이 되고, 한 권 두 권, 산문집도 제가 처음 생각했던 숫자보다 더 많이 엮게 되었습니다. 지금-여기를 살기 위한 글의 힘을 생각하며 조금 빼고, 더하고, 고치긴 했지만 원래 글이 갖는 색감이나 지향점은 바뀌지 않았다 싶습니다.

시와, 산문, 기도문이 함께 엮인 이 책을 통해 저는 또 독자들과 시의 순간을 함께 읽기를 감히 청합니다. 책머리 글을 쓰려고 책상에 앉은 시간, 비님 다녀가신 여름 새벽의 푸르스름한 빛이 창으로 들어오고, 때마침 책상에 놓인 책은 프랑스 시인 폴 엘뤼아르Paul Éluard의 시집입니다. "내가 또 여기 있으니, 말없이, 가진 것 없이 / 그리고 내 방은 열린 창으로 가득하니" 거기서 시인이 "나는 불확실한 인생의 기슭, 그리고 열쇠"라고 할 때 그 '나'를 저는 오롯이 '시'에 바치려 합니다. 그러면서 생각합니다. 책으로 둘러싸인 작은 내 방은 열린 창으로 가득하니, 그 열린 창은 오롯이 시가 가진 가능성의 세계, 시가 열어주는 눈뜸이라고.

그 세계에 여러분을 초대하는 이 일이 책의 홍수 속에 작은 물방울로 그치더라도, 이 초대에서 제가 되살리려고 하는 색깔을 여러분들이 잊지 말았으면 좋겠습니다. 우리가 쉽게 잊고 지우는 색깔, 세월을 거치며 풍화된 푸르스름한 색깔, 화려하지 않은 색깔, 나를 가장 기쁘게 하는, 우리가 몰랐던 그 색깔. 그 색깔을 생각하며 이 글을 쓰지만 그 색깔이 상실이나 영별永別의 색이라 해도 괜찮아요. 그 색깔을 알고 기억한다면 우리는 우리 삶이 우리에게 짐 지운 책임의 무게이기도 한 그 색깔을 하나의 '가능possibility'으로 삼아, 거기 기대어 지금-여기에서 또 하루를 살아갈 테니까요. 시를 나누어 읽는 모든 분들, 시의 말을 귀담아 들으며 이 땅에 기도처럼 낮게 엎디어 사는 모든 존재에게 경외감을 전합니다. 계속 질문하고 계속 들여다보고 계속 쓰는 이 길에 여러분은 이름 없이 하지만 가장 기쁜 색으로 저와 함께하고 있습니다.

2023년 7월 아침에

정은귀

차례

삶의 소소한 자리

일러두기

- 외국 시의 경우 번역자를 따로 밝히지 않은 작품은 모두 필자의 번역이다.

새로운 눈을 뜨는 일

어떤 사랑

조용한 일

김사인

이도 저도 마땅치 않은 저녁
철 이른 낙엽 하나 슬며시 곁에 내린다

그냥 있어볼 길밖에 없는 내 곁에
저도 말없이 그냥 있는다

고맙다
실은 이런 것이 고마운 일이다

* 『가만히 좋아하는』(창비)

태풍이 온다 합니다. 예보를 들으며 도시에서 일상을 영위하는 사람으로서는 베란다 창문을 꼭꼭 여며 닫는 것, 먼 곳에서 예정된 약속을 뒤로 미루는 것 외에는 준비하는 일이 달리 없습니다. 많은 시를 읽고 생각하다가 결국 이 짧은 시에 머문 것은 다가오는 태풍 때문일까요. 제대로 확인되지 않은 정보들이 앞다투어 범람하면서 가짜 뉴스를 생산하고 이에 휘둘리는 이들이 많은 우리 세계의 이상한 광풍 때문일까요. 기도처럼 고요히 되새기는 이 시가 괜히 어수선하고 바빴던 어제오늘을 가지런히 돌아보게 합니다.

이 시는 김사인 시인의 두 번째 시집 『가만히 좋아하는』(2006)에 실린 시입니다. 첫 시집 『밤에 쓰는 편지』(1987)에 이어 비교적 최근의 『어린 당나귀 곁에서』(2015)까지, 띄엄띄엄 등장한 세 권의 시집을 생각하면 다른 시인들에 비해 다소 격조하게 느껴지는 이력이지만 김사인 시인의 시는 담담하고 일상적인 어조 안에 노동하는 일상, 변해가는 것들에 대한 곡진한 시선을 담고 있어 매번 큰 울림을 줍니다. 고단한 세계를 견디는 고요한 힘에 대한 응시라고 할까요.

초가을 나뭇잎 한 장 떨어지는 단순한 장면을 그리고 있는 이 시는 제게는 가장 특별한 사랑의 시로 읽힙니다. 별로 유난하지 않고 무덤덤한데 그래서 더욱 특별한 사랑. 어떤 의미에서 그러한지 한번 꼼꼼히 읽어볼까요? "이도 저도 마땅치 않은 저녁"이란 말에는 많은 함의가 숨어 있습니다. 유난스레 좋은 것도, 행복할 것도, 화려한 것도 없는 지상의 어느 한때. '마땅치 않다'는 만족보다는 궁핍과 결핍을 나타내는 말이지요. 무언가가 모자라고 부족한 상황, 아마도 어느 별 볼 일 없는 이의 피로한 저녁이 아닐까 싶습니다. 어디론가 가고 싶어도 갈 곳이 없고 세상 사람들 다 행복해 보여도 나만 초라한 외톨이가 된 듯한 그런 마음 풍경일 것만 같습니다.

이른 가을의 그 마땅치 않은 저녁, 거리를 서성이는 무겁고 지친 발걸음을 상상하는 것은 그리 어렵지 않습니다. 우리는 매일 그리 살아가니까요. 조금은 초라하고 외롭게. 구구절절한 사연을 품은 불행이나 고독일 수도 있겠지만 운명을 뒤흔드는 거창한 사연이 없더라도 그냥 그런 일상의 익숙한 남루 같은 것. 술 한잔 기울이며 적적한 마음을 달랠 친구 하나 없는 그 저녁에 낙엽이 하나 떨어집니다.

철 이른 낙엽이 유일한 친구가 되는 상황은 참으로 막막하지만 이 시가 던져주는 사랑의 메시지는 바로 그 막막한 고적 속에서 빛나는 "곁"의 의미입니다. 곁에 있다는 것.

유난도 요란도 않게 그저 조용히, 말없이 곁에 있어주는 것. 아무 일 없이 그냥 있어볼 길밖에 없는 내 곁에 머물러주는 존재. "고맙다 / 실은 이런 것이 고마운 일이다"라는 말은 참으로 뭉근하게 마음을 울립니다.

이 시를 읽으며 저는 가족이나 친구, 직장 등 많은 다양한 관계 안에서 이어온 사랑의 여러 방식들을 되새겨 봅니다. 그 사랑은 대개는 반짝 빛났지만 서툴렀고, 큰 기대 안에서 아픈 적도 많았습니다. 이 시가 던지는 고요한 "곁"의 사랑은 성경의 고린도전서 13장에 나오는 사랑의 방식과 많이 닮았습니다. "사랑은 참고 기다립니다. 사랑은 친절합니다. 사랑은 시기하지 않고 뽐내지 않으며 교만하지 않습니다. 사랑은 무례하지 않고 자기 이익을 추구하지 않으며 성을 내지 않고 앙심을 품지 않습니다. 사랑은 불의에 기뻐하지 않고 진실을 두고 함께 기뻐합니다. 사랑은 모든 것을 덮어주고 모든 것을 믿으며 모든 것을 바라고 모든 것을 견디어냅니다.◆" 오래 참고 온유하며 자랑하지 않는 사랑의 방식을 남루한 어느 저녁 내 곁에 떨어진 낙엽이 가르쳐주고 있습니다.

그러고 보니 저 또한 사랑한다 하고서 온유하지 못했던 적이 얼마나 많은지요. 사랑을 앞세워 무례했던 적도 많았고

◆ 1고린 13:4-7

사랑 속에서 시기하거나 자랑했던 적도 많았습니다. 사랑한다는 이유로 성을 내고 사랑을 앞세워 분노했던 적도 많았고요. 앞의 시에서 고마운 일로 꼽은 유일한 방식은 조용하게 곁에 있어주는 일입니다. 얼핏 수동적으로 느껴지는 이 사랑은 '항심恒心'의 힘 속에서 더 단단한데, 이러한 조심스러운 사랑의 방식을 우리는 얼마나 쉽게 잊어버리는지요.

평생 썩일 속을 한 해에 다 몰아서 썩이는 사춘기 아이를 바라보는 부모, 온순하던 상대가 갑자기 버럭 호랑이가 되어 당황스럽기 짝이 없는 갱년기의 부부, 처음에는 뜨겁게 시작했으나 점점 익숙해진 나머지 소통의 채널이 점차 줄어들면서 무덤덤해지고 끝내 무관심해지는 관계들. 실망한 우리는 한탄하고, 화려하고 빛나는 새로운 사랑의 방식을 찾아 헤맵니다. 모든 문제를 다 해결해주는 자동판매기 같은 사랑, 내 초라함을 단박에 바꾸어줄 화려한 사랑, 내 아픔을 씻어줄 만병통치약 같은 사랑.

하지만 그런 사랑은 이 세상에 없습니다. 설령 있다 하더라도 오래 가지 못할 것입니다. 고요하게 곁에 있어주는 사랑은 믿음의 다른 이름입니다. 곁에서 조용히 바라보는 일, 믿어주는 일, 큰소리 않고 기다리는 일. 이런 사랑이 가실 줄 모르는 사랑이고 상처를 주지 않는 사랑이고 사라지지 않는 사랑입니다. 각자의 불완전함을 오롯이 받아들이는 사랑이며 각자의 난처함과 남루함을 있는 그대로 껴안는 정직한 사랑입니다.

태풍을 기다리는 시간, 특별할 것도 없고 내세울 것도 없는 고만고만한 하루 속에서도 바람이 불고 비가 오고 울고 웃습니다. 쉽게 들썩이는 우리에게 이 시는 지치지 않고 경쟁하지 않고 색이 바래지 않는 사랑의 방식을 들려줍니다. 그 사랑은 쉬운 듯싶지만 실은 아주 어렵습니다. 고민을 말하는 이에게 마음이 앞서 선부른 대답으로 문제 해결을 강요하기도 하고, 상처 입은 이에게 위로한답시고 또 다른 상처를 덧입히기도 합니다. 우리의 사랑은 그처럼 좌충우돌, 실수투성이이며 평생을 배워나가야 하는 지난한 과정입니다.

그냥 있어볼 길밖에 없는 나의 곁에 내려앉은 낙엽. 사람이 아닌 낙엽에게서 사랑의 가장 지극한 방식을 읽는 시인의 지혜로운 시선 앞에서 저는 다시금 작고 겸손해집니다. 사랑을 내세워 성내고 사랑을 앞세워 손쉽게 사물과 사람을 재단하던 습관이 부끄럽기만 합니다. 계절이 깊어지면서 하나둘 떨어질 가을 낙엽을 그려봅니다. 잊고 지내던 그 심심한 사랑의 방식을 기도처럼 되새겨 봐야겠다 싶습니다. 울고 있는 이 앞에서 그 울음의 뿌리를 하나하나 파헤치려 하지 않고, 그저 곁에서 손 잡아주며 그 울음을 가만히 거두겠습니다. 아픈 친구에게는 그 아픔을 일일이 캐묻지 않고 그저 '많이 아프지' 하면서 곁에 있어주겠습니다.

선명하게 반짝이는 사랑은 강렬하지만 짧고, 이처럼

심심하게 우리 곁에 있는 듯 없는 듯 머무는 사랑은 오래갑니다. 많이 안다고 생각하지만 늘 어려운 사랑의 방식, 낙엽처럼 고요히 곁에 있는 사랑을 첫걸음처럼 배웁니다. 이 시절의 추위와 설움과 슬픔 들이 고요하게 곁을 지키는 사랑 속에서 굳건하고 온전한 믿음으로 다져지기를 빌어봅니다. 태풍도 지나갈 것입니다.

제자리를 향하는 길

먼 길

권경인

길은 천축에 두고 마음으로 길을 간다
낯설고도 다정한 지상의 먼 길을 좇아
낙타는 먼저 가자고 밤낮을 보채고
내가 낡고 망가지고 잊혀진 것들에 기울어져 있는 동안
천사의 얼굴을 한 사람들이 무너져가는 것들의 심장을 밟는다
거짓은 때로 너무 밝아서 거꾸로 진실이 되기도 하지만
귀한 인연은 쉽게 길들여지지 않고 함부로 약속하지 않는다
아름다워라 허망한 것들의 반짝임
서로에게 암호인 채로
죄 없이 버려지고 가려져 있는 것들 속에서
씨앗은 저 혼자 여물어 단단한 세월을 잡고 있는데
천축은 어디 있는가
님은 어디 있는가
오래 꿈꾸던 것들 더 이상 아름답지 않고
내게로 오는 것들도 결국 내 몫이 아니었으니
이 절절한 고통이 세상의 어떤 이득이 되겠느냐

온갖 길 다 쉬으며 스스로 길에서 놓여나는 바람같이
얼마나 더 헤매어야
헛된 것들에게서 비로소 자유로울까
황량할수록 더욱 초롱한 샘물 하나 숨기고 있을
눈부실 외길
사막의 길

* 『변명은 슬프다』(창비)

방학 때 하는 큰 행사 중 하나가 책장 정리입니다. 한 학기 동안 새로 쌓인 책들이 거실이며 공부방 바닥을 차지하고선 곧 무너질 것 같은 위태한 무더기로 자리할 때쯤 되면, 어떤 책이 어디에 있는지도 모르고 글을 쓰려 해도 책을 못 찾아 헤매는 날이 많습니다. 책장에서 읽지 않는 책을 솎아내고 바닥에 무더기로 쌓인 책을 적절히 분류하여 책장의 빈 공간에 꽂고 마룻바닥이 깨끗해지면 드디어 방학 시작. 하나의 과정을 마무리하고 새 시작의 채비를 마치게 되는 셈이지요. 그렇게 책장 정리는 옷장이나 주방 찬장 정리만큼이나 중요한 행사고, 차분하게 저의 공부 길을 돌아보는 의식입니다.

앞의 시는 그렇게 책장 정리 중에 만났던 옛 시집에 수록되어 있습니다. 권경인 시인. 이 시가 실린 시집 『변명은 슬프다』는 1998년 출간되었는데, 1991년 등단한 시인이 7년 만에 낸 첫 번째 시집입니다. 첫 시집이 지금까지 유일한 시집이고요. 시집만 꽂아두는 책장 맨 위 칸 오른쪽 구석을 차지하고 있던 책, 한동안 제 손길이 닿지 않은 자리라 시집을 오랜만에 꺼내 들었습니다. 이목일 화가의 물고기 그림이 "깨달은 자의 모습은 어제와 같다"라는 제목을 달고 표지를 장식하고 있네요. 물고기의 뜬 눈이 깨달음을 의미하는 걸까, 깨달음의 모습과 어제라는 시간은 무얼 말하는 걸까, 그림을 가만히 들여다보고 책장을 넘깁니다.

이 시집을 읽던 시절, 먼 어제의 제 모습이 묘한 둔통으로 말을 겁니다. 얇게 접힌 종이 속 시 한 편이 먼 시간을 지나 현재형으로 고스란히 살아 돌아옵니다. 깨달음은 내일의 일이 아니고 어제의 일인 것만 같습니다. 책 정리를 하다 말고 시에 빠져들어서 그만 한낮의 노란 햇살이 붉은 그늘로 기울어지도록 시를 오래도록 읽었습니다.

"내가 낡고 망가지고 잊혀진 것들에 기울어져 있는 동안 / 천사의 얼굴을 한 사람들이 무너져가는 것들의 심장을 밟는다"는 대목에서 목에 뭔가가 걸린 듯 울컥하고 멈칫하게 됩니다. 시인은 1990년대 새롭고 실험적인 목소리들이 날개를 치던 시단에서 조금은 낡게 기운 옷처럼 외롭게 자기 목소리를 조심조심 들려주었네요. 낮은 음성으로 시인이 전하는 말은 마치 오랜 견인주의◆ 철학자의 명상록처럼 단단합니다.

지금 이 시가 더 실감 나는 것은 세월의 무게 때문인지도 모르겠습니다. 당시 시인의 꿈을 꾸며 시를 읽던 문학청

◆ 욕망을 의지의 힘으로 참고 견디며 억제하려는 도덕적·종교적 태도.

년은 어느새 기성세대가 되었는데, 학생들에게 어떤 말을 들려줘야 할지 길을 잃은 듯 망연해질 때가 자주 있습니다. 천사의 얼굴을 한 사람들이 무너져가는 것들의 심장을 아무 거리낌 없이 밟는 일은 점점 더 크고 무겁게 다가옵니다. 어쩌면 훨씬 더 교묘하고 세련된 얼굴로 고통을 지우고, 더 잔인한 방식으로 억압이 자행되는 탓인지도 모르겠습니다. 낡고 망가진 것들에 귀를 기울이는 사람들은 밝고 환한 쪽보다는 그늘을 더 응시하기에, 권력과 자본, 세련되고 빛나는 것들과는 거리를 두고 삽니다. 비정한 악은 줄기차게 여러 다양한 모습으로 변장하고, 무너져가는 것들의 심장을 더 단단히 밟고, 쓰러진 것들을 한 번 더 쓰러뜨립니다.

맞아요. 예전에도 그랬고 지금도 그랬고 앞으로도 그럴 것입니다. 거짓이 너무 밝아 진실이 되기도 하고 가려진 진실이 드러나기까지는 많은 이들의 눈물과 고투와 희생을 필요로 하는 법입니다. 어쩌면 세상은 변한 듯 변하지 않은 듯, 나아진 듯 나아지지 않은 듯, 그렇게 제자리걸음을 하고 있는지도 모르겠습니다. 되풀이되는 은밀한 악행과 비정한 배반과 서로에게 암호 같은 오해들 속에서 죄 없이 가려지고 버려진 것들. 이 단순한 사실을 깨닫는 데 20년이란 시간이 걸렸네요.

하지만 시인은 그 속에서 씨앗이 저 혼자 여물어 단단한 세월을 잡고 있다고 합니다. 그 긍정은 대체 어디에서 오는 걸까요? 그건 바로 내려놓고 비우는 마음의 자세가 아닐까 합니다. 시인은 "온갖 길 다 섞으며 스스로 길에서 놓여나는 바람같이" 얼마나 헤매어야 헛된 것들에게서 자유로울까 묻고 있네요. 다른 시에서 시인은 "사람의 길이란 지상에서 가장 낮은 길이 아닐까◆"라고 했습니다. 그 말은 여러 의미로 변주되어 해석이 가능한데, 결국 우리가 걷는 이 길 외에 다른 길은 없음을, 우리가 헤매는 이 거대한 세상이라는 숲 안에 모든 길이 있음을 말하는 듯합니다.

우리가 걷는 세상의 길은 번잡하고 메마르지만, 황량할수록 더욱 초롱한 샘물 하나 숨기고 있는 사막의 길이며 그 사막의 길은 저 혼자 여물어 단단한 세월을 잡고 있는 씨앗 하나처럼 눈부신 외길입니다. 그 길은 언제나 제자리를 찾아가기 위한 고독한 고투여서 외롭고 눈부십니다. 우리가 걷는 길 중 가장 힘든 길, 내 안에 자리한 그 길, 제자리를 향해 가는 길, 오늘도 그 길을 찾아 걷습니다.

◆ 권경인 「낮아서 오르는 길」 중에서.

죽음의 '일부'가 되는 일

학살의 일부 1

김소연

내가 얼마나 고독했었는가를 쉽게 잊는 것은
학살의 일부이다 얕은 기분으로 화분에 물 주며
나를 뜯어내듯 죽은 잎을 뜯어내는 것도
학살의 일부이다

이빨을 닦다, 하얀 치아를 보다, 치약 냄새를
맡았다 거울 속의 내가
울음을 터뜨렸는데…… 그 천박한 이유를 모르는 척
하는 것은 학살의 대부분이다

고무지우개가 사각의 종이와 마찰을 일으킨다
마찰의 힘으로 한 페이지의 추억이 지워졌다
지워졌다고 믿는 것도 학살의 일부이다

창밖 앙상한 나무는
바람 불어주지 않으니
무대 세트처럼 가짜 모습을 하고 있다
죽은 평화를 누리는 나처럼

바람을 기다린다고 말하는 것도

학살의 일부가 된다

* 『극에 달하다』(문학과지성사)

이 시를 읽던 새벽, 좀 아팠습니다. 몸이 아니라 마음이요. 전날 학생들과 나눈 아픈 대화가 물무늬처럼 마음에 계속 어른거렸습니다. 한 학생은 꿈이 방송국 PD였는데, 모 방송국의 무더기 해직 사태를 보고, 또 일전에 생을 달리한 신입 PD의 유서를 읽고, 자신의 꿈을 향해나갈 의욕이 사라졌다고 고백했습니다. 목표를 잃은 대학 생활이 너무 무의미하다며 눈물을 글썽였습니다. 한 학생은 대학에서의 대인관계가 너무 힘들다고 했고, 또 한 학생은 성소수자로서 겪는 고립감을 이야기했습니다.

PD가 꿈이었던 아이에게 도저히 PD의 꿈을 접으라는 말을 할 수 없었습니다. 누구보다 의미 있는 삶을 추구하다가 좌절한 그 재능 있는 젊은 PD의 죽음이 헛되지 않도록 세상이 달라질 것이니 힘내라고 했습니다. 해직 기자들은 다시 직장으로 돌아올 것이라고 말했습니다. 시대의 바람이 바뀌고 있지 않느냐, 불가능할 것 같았던 촛불 혁명을 이루어낸 우리나라 아니냐, 그러니 원래 품었던 꿈의 자리를 다시 찬찬히 짚어보면 좋겠다고 했습니다. 대인관계로 인해, 그리고 성소수자로서 고민하는 아이들에게는 온전한 자기다움을 더 소중하게 품고 열심히 생활하다 보면 마음에 맞는 친구들을 만날 수 있을 거라고 말했습니다. 심각하게 울 것 같은 표정으로 들어왔던 아이들이 더 노력해보겠노라고 웃으며 나갔습니다.

면담을 마치고 조언을 제대로 했나 마음이 계속 무거웠습니다. 꿈을 따라가라고 이야기하는 게 무책임한 건 아닌가? 늘 궁금합니다. 연구실을 정리하며 주말 동안 화분의 아이비가 갈증에 시달리지 않도록 물을 줬지요. 바람이 잘 통하지 않는 연구실 구석을 지키고 있던 화분. 문득 갈색으로 마른 잎사귀가 눈에 띄네요. 혹시라도 죽으면 어떡하나, 마른 갈색 이파리를 손으로 조심스레 뜯었습니다. 그런데 그 옆에 작은 연두색 이파리가 눈에 띄지 않겠어요? 아, 살아나는 잎이 있구나. 금방 죽지는 않겠구나 싶어 연둣빛으로 막 태어나는 작은 이파리가 다치지 않도록 조심스레 화분을 정리했습니다.

연두와 갈색 이파리가 함께 옹기종기 곁으로 자리한 화분은 우리 몸과 이 세계와 똑같습니다. 생장과 죽음을 반복하고 있는 몸. 그리고 내 몸과 다른 몸들, 건강한 몸과 아픈 몸, 죽어가는 몸과 새로 태어난 몸. 이런 몸과 저런 몸이 서로 섞여 돌아가는 사회, 이 나라. 작은 화분이 하나의 세계입니다. 세계는 죽음과 탄생, 썩어가는 것과 말갛게 돋아나는 것이 공존하면서 매일 새롭게 만들어지고 있습니다.

때마침 새벽에 펼친 시집에서 화분 이파리를 뜯어내는 이야기가 나와 다시 곰곰이 생각했습니다. 나와는 거리가 먼 것 같은 '학살'이 왜 이렇게 익숙한 일상에 스며드는가? 이 세계의 '학살'은 어떤 모습을 띠고 오는가? 시인은 이런 사소한 이야기들을 열거하면서 왜 '학살'을 이야기하는가? 왜 다른 단어도 아닌 '학살'이라는 끔찍한 단어를 불러오는가? '학살虐殺'은 '가혹하게 많이 죽임'이란 뜻으로 평소에 우리가 별로 쓸 일이 없는 단어입니다. 죽음 자체도 생각하기 버거운 과제인데 이런 사소한 행위가, 생각이, 학살의 일부라니, 도대체 이 시는 무슨 말을 하고자 하는 걸까?

그간 잊고 있던 많은 질문들이 함께 따라왔습니다. 어떤 사고가 발생했을 때 누가 잘못했고 어디에 원인이 있는지를 찾는 것은 당연한 순서입니다. 그러나 이 세계의 많은 일들은 원인과 결과가 분명하지 않습니다. 누가 잘못했는지, 무엇 때문에 그 큰 비극이 발생했는지 분명하지 않을 때가 많습니다. 어떤 사건이 한두 사람의 결정적인 잘못으로 밝혀질 때는 그 해결이 오히려 쉽고 단순할 수 있지만, 오랜 기간 해묵은 원인들이 쌓여서 큰 비극이 발생했을 때는 해결하기가 쉽지 않습니다. 그래서 근본적인 원인을 찾아 차근차근 풀어야 하는 일들을 대충 얼버무리고 넘어간 경우가 많았습니다. 그로 인해 이 세계엔 비슷한 잘못과 비슷한 비극이 반복해서 발생하고, 우리는 비슷한 죽음을 반복해서 맞으며 웁니다.

학살이라는 어마어마한 사건도 마찬가지입니다. 우리 현대사에서 발생한 많은 사건들, 가령 한국전쟁 때 벌어진 무수한 양민 학살은 잘잘못이 가려지지 않은 채 묻혔습니다. 광주민주화운동만 하더라도 그 진실이 알려지기까지 얼마나 많은 희생이 있었던가요. 가려진 광주의 죽음들을 알리기 위해 자기 목숨을 버린 수많은 이들이 있었지요. 희생자들의 가족은 지금까지도 상처를 함께 앓고 있습니다. 광주민주화운동 37주년 기념식에서 문재인 대통령이 전남대생 박관현, 노동자 표정두, 서울대생 조성만, 숭실대생 박래전의 이름을 호명할 때 온 국민이 눈물을 흘린 것도, 오랫동안 가려진 이들의 희생이 국가 지도자의 입에서 처음으로 인정되는 순간이었기 때문입니다.

지금 우리의 현재는 민주화를 위해 싸운 많은 분들의 투쟁과 희생에 빚을 진 결과입니다. 우리가 의식하든 의식하지 않든 우리 모두는 타인의 목숨과 타인의 노동과 타인의 눈물과 타인의 희생 위에서 피는 꽃과 열매를 보고 먹으며 사는 사람들입니다. 그 빚을 잊어버리지 않고 그 정신을 갈고닦을 때 이 사회는 조금 더 민주적으로 정의롭게 바로 설 테지만, 그걸 잊어버리고 그 모든 죽음과 희생을 마치 없었던 일인 양 지우는 순간, 이 세계는 그만 나태해지고 썩기 시작할 것입니다.

시인은 학살의 일부를 아주 이상한 곳에서 찾습니다. 내가 얼마나 고독했었는지 쉽게 잊는 것도 학살의 일부라고 말하고, 화분에 물 주며 죽은 잎을 뜯는 것도 학살의 일부라고 말합니다. 고무지우개로 지우면서 지워졌다고 믿는 것도 학살의 일부라고 하네요. 우리가 일상에서 하는 무심한 행위들을 학살에 연결하는데, 결국 돌아보면 이것이 바로 우리 의식이 작동하는 교묘한 회피를 적실하게 돌아보게 하는 시인의 섬세한 시선입니다.

사소한 사건에서부터 국가적 재난에 이르기까지 내 탓이 아니라고 말하기는 쉽습니다. 타인에게 책임을 넘기고 잘못을 전가하고 자신은 절대 그 일부가 되지 않으려 버팁니다. 잘못이 적나라하게 밝혀진 일조차도 발뺌부터 합니다. 책임을 지지 않는 것이 답이 되어버린 세상입니다. 하지만 시인이 말하는 것처럼, 일상에서 이를 닦고 치약의 냄새를 맡고, 짐짓 괜찮은 척 가짜 평화, 죽은 평화를 이야기하는 모든 것이 다 학살의 일부라고 한다면, 간신히 사는 일이, 숨 쉬는 일이, 억지로 웃는 일이 다 학살의 일부라고 한다면, 우리는 어떻게 해야 하나요? 우리는 도대체 무엇인가요?

시인의 담담한 질문 앞에서 생각합니다. 네, 맞아요. 우리 자신이 학살의 일부입니다. 말라 바스러지는 이파리와 연두 이파리가 함께 오는 것처럼 우리는 학살의 일부이며 생명의 일부입니다. 이 세계에서 낮은 숨 쉬는 우리가 모든 행불행의 원인이요, 결과이고 과정입니다. 그러니 우리가 함께 이 모든 일에 책임이 있음을 자각하고 그 책임을 기꺼이 감당할 때, 조금이라도 더 나은 세계를 만들어나갈 수 있습니다. 이 시는 1996년에 출판된 시집에 있는데, 시인은 어떻게 이런 혜안을 가지고 있었는지 모르겠습니다. 그래서 시인의 시선은 예언자의 시선을 닮았다고 하는 걸까요?

우리는 각자, 이 세계의 부패를, 이 세계의 죽음을, 이 세계의 학살을, 이 세계의 몰락을 증명하는 일부입니다. 이 말은 곧 우리 스스로 이 세계의 탄생을 증명하는 주체이기도 하다는 뜻입니다. 그러니 우리는 여전히 이 세계의 슬픔과 아픔을 짊어지고 가야 하는 시시포스들입니다. 눈물을 닦고 나간 PD 지망생 학생처럼 젊은 꿈들과 아픈 손가락들이 여전히 도처에 있습니다. 우리가 죽음의 일부임을 잊지 않으면서 그 아픔들과 함께 감응하고 더 나은 길을 모색할 때, 우리는 기꺼이 생명을 키우는 시시포스가 될 수 있을 것입니다.

지금 여기의 나를 찾아서

경이로움

비스와바 쉼보르스카

무엇 때문에 그 누구도 아닌 바로 이 한 사람인 걸까요?
다른 이가 아닌 오직 이 사람인 이유는 무엇일까요?
나 여기서 무얼 하고 있나요?
수많은 날들 가운데 하필이면 화요일에?
새들의 둥지가 아닌 사람의 집에서?
비늘이 아닌 피부로 숨을 쉬면서?
잎사귀가 아니라 얼굴의 거죽을 덮어쓰고서?
어째서 내 생은 단 한 번뿐인 걸까요?
무슨 이유로 바로 여기, 지구에 착륙한 걸까요? 이 작은 혹성에?
수없이 오랜 세월 존재조차 없다가 왜 갑자기?
모든 시간과 지평선을 뛰어넘어 왜 하필?
어째서 해조류도 아니고 강장동물도 아닌 걸까요?
무엇 때문에 지금일까요? 왜 단단한 뼈와 뜨거운 피를 가졌을까요?
나 자신을 나로 채운 것은 과연 무엇일까요?
왜 하필 어제도 아니고, 백 년 전도 아닌 바로 지금
왜 하필 옆자리도 아니고, 지구 반대편도 아닌 바로 이곳

에 앉아서

어두운 구석을 뚫어지게 응시하며

영원히 끝나지 않을 독백을 읊조리고 있는 걸까요?

마치 고개를 빳빳이 세우고 으르렁대는 강아지처럼.

* 최성은 옮김, 『끝과 시작』(문학과지성사)

나 자신을 나이게 하는 것은 무엇일까? 이 질문을 오랫동안 되풀이하던 시절 이야기로 글을 시작할까 합니다. 남들 다 치르는 반항기와 사춘기를 겪지 않고 무탈하게 넘어간 저는 이십대 후반에 뒤늦은 사춘기를 심하게 앓은 기억이 있습니다. 이상하게 그때는 괜한 서러움이 많아서 혼자 울기도 많이 울었습니다. 늘 밝고 명랑하단 이야기를 듣고 힘든 일 있어도 오뚝이처럼 곧잘 극복하고 일어서던 편이었기에 스물일곱, 여덟 살 때의 뒤늦은 사춘기는 지금도 잘 이해가 가지 않습니다. 다만 한 가지 이유를 짐작해보면 팽팽하게 긴장의 끈을 늦추지 않고 열심히 살던 시절을 지나며 쌓였던 피로가 어느 시점에 한 번에 몰려왔던 것이 아닌가 싶습니다.

그 시절 스스로에게 많이 던진 질문이 바로 '나는 누구이며 나는 무엇으로 사는가?' '나를 나답게 하는 것은 무엇인가?' 였습니다. 어떤 질문에는 자명한 답이 있었지만 어떤 질문에는 답을 얻지 못했지요. 나는 정은귀라는 조금 독특한 이름을 가진 대한민국의 여성이며 대학원 공부를 하고 있고 사 남매의 둘째이며…… 이러한 목록은 끝도 없이 길게 이어졌고 어떤 날은 그 목록을 하나하나 밑줄 그어 읽으며 의미를 되새겨 보았습니다.

무엇 때문에 우리는 누구도 아닌 바로 이 한 사람일까요? 이 세계의 알 수 없는 관계망 속에서 어머니 아버지의 자식으로 태어나 여기까지 이르게 된 힘은 무엇일까요? 누구나 다 하는 고민을 아프게 껴안고 있던 시절에도 저는 시를 통해 존재의 의미를 나누고 감각을 새롭게 하는 법을 배웠고, 손에 들고 있던 공부가 저를 다시 다잡아 일어서게 했지요.

이 시는 일상에서 그런 질문이 지나갈 때 자주 읽습니다. 가끔 질문은 우울로 바뀌기도 하고, 화가 되기도 하고, 화가 분노로, 분노가 허무로 바뀌기도 합니다. 뒤늦은 사춘기를 앓던 스무 살 시절처럼 괜히 눈물이 나오고 모든 것이 무의미하게 느껴질 때도 있습니다. 어느 해 봄에는 마음의 몸살이 심해져서 가끔 조언을 얻는 신부님께 "신부님, 인생 헛산 것만 같아요. 다 무슨 소용이에요"라고 한 적도 있답니다. 신부님은 의외의 명쾌한 대답을 주셨어요. "지난 시간 후회는 할 것 없고 다만 인생의 시기를 가늠해보면 갱년기에 겪는 현상일 수도 있으니 적극적으로 대처하라"고요. 객관적이면서 명료한 진단 앞에서 저는 그만 웃음이 터져서 "네, 정말 그럴지도 모르겠네요"라며 한 걸음 물러서 보았고, 정말 그럴지도 모르겠다는 생각이 들었습니다. 우울은 감기처럼 지나갔습니다.

다시 시를 찬찬히 읽어봅니다. 폴란드가 낳은 시인, 여성으로서는 아홉 번째로 노벨문학상을 탄 시인 비스와바 쉼보르스카Wisława Szymborska, 1923~2012는 유대인 학살의 참상이 지나간 땅에서 시를 쓰면서 인간 실존의 문제에 천착했습니다. 이 시 또한 자기 존재의 단독성을 여러 각도에서 질문하면서 지금 여기의 나를 돌아보게 합니다. 시인이 '경이로움'이라는 제목 아래 열거하는 질문들은 얼핏 쉬워 보여도 그 답이 쉽지 않습니다. 무엇 때문에 그 누구도 아닌 바로 이 한 사람인 걸까? 무슨 이유로 이 작은 혹성에 나는 도달한 것일까? 모든 시간을 가로질러 지금 여기 이 땅에 당도하여 살아가고 있는 나라는 인간의 존재 의미는 무엇일까? 무슨 사연으로 도대체 어떻게 하여 단단한 뼈와 뜨거운 피를 가진 인간으로 호흡하며 살고 있는지?

그 수많은 질문을 지나서 시는 "어두운 구석을 뚫어지게 응시하며 / 영원히 끝나지 않을 독백을" 고개 빳빳이 세우고 으르렁대는 성난 강아지처럼 읊조리는 자조적인 질문으로 끝이 납니다. 성난 강아지는 아니더라도 그 모습이 이 글을 쓰는 요즘의 저와 흡사하여 또 웃음이 나왔습니다. 어제도 아니고 백 년 전도 아니고 다른 나라도 아니고 지금 이 땅, 이 도시에서, 저는 왜 비가 내리는 새벽 아침에 컴퓨터 화면을 뚫어지게 바라보며 한 자 한 자 더듬어 쓰고 있을까요? 무엇을 위해 이 대화를 계속 이어나가는 것일까요?

이 지점에 이르니 우리 학생들과 수업 시간에 시를 읽으며 나눈 이야기들, 타성에 순응하지 말고 새로운 질문을 깨쳐나가는 시 읽기의 재미와 기쁨이 생각나 그만 저는 혼자 빙긋 웃습니다. 오늘 오전 시민대학 강의에서 만날 어른 수강생들의 얼굴도 어른거립니다. 아메리카 인디언 시를 읽고 있는 저는 수강생들과 흥미로운 실험을 하고 있습니다. 시를 읽는 일은 매일 되풀이되는 일상에서 새로운 눈을 뜨는 일, 아메리카 인디언들이 새로운 계절의 감각에 맞추어 열두 달에 다양한 이름을 준 것처럼 '우리만의 열두 달 이름 짓기'를 하고 있거든요. 아주 기발한 이름들이 많아서 매 시간 참신한 시인들을 만나는 것만 같습니다.

새벽에서 아침으로 넘어가는 시간, 저는 곧 컴퓨터를 끄고 일어나 비를 뚫고 강의를 하러 가겠지요. 지금 여기의 나를 찾는 일은, 그러고 보니 매일 매 순간 새롭게 다잡아야 하는 결심 같습니다. 매일 새 아침, 세수를 하면서 간밤의 궂은 꿈을 씻어 헹구는 것처럼요.

혹시 이 글을 읽는 독자들 중에 힘든 시기를 지나는 분이 계시면 멀리 생각하지 말고 오늘 하루만을 생각하며 걸어보시라고, 따뜻한 밥 한 끼 드시고 한 줄 시를 읽어보시라고 권해드립니다. 저도 그랬으니까요. '아프지 마세요!' 누군가가 건넨 한마디에 밥을 한 술 더 먹고 더 걸었으니까요.

따뜻한 피가 도는 이 몸을 아끼는 것, 오늘은 그걸로 충분합니다.

생명을 살리는 상처

벌레 먹은 나뭇잎

이생진

나뭇잎이
벌레 먹어서 예쁘다
귀족의 손처럼 상처 하나 없이 매끈한 것은
어쩐지 베풀 줄 모르는 손 같아서 밉다
떡갈나무 잎에 벌레구멍이 뚫려서
그 구멍으로 하늘이 보이는 것은 예쁘다
상처가 나서 예쁘다는 것은 잘못인 줄 안다
그러나 남을 먹여가며 살았다는 흔적은
별처럼 아름답다

* 『기다림』(지만지)

집이 광화문과 가까워서 거의 매일 광화문 네거리를 지나다닙니다. 광화문 교보생명 빌딩은 지하 1층에 자리한 교보문고로도 유명한데, 건물 앞에 걸리는 글판이 계절별로 좋은 사색거리를 주지요. 가히 시민을 위한 사랑과 희망의 글판이라고 할 만하기에 늘 유심히 봅니다. 사진을 찍어서면, 가까운 친구들에게 보내주기도 하고요. '나뭇잎이 / 벌레 먹어서 예쁘다 / 남을 먹여가며 살았다는 흔적은 / 별처럼 아름답다'란 구절이 우리를 반기던 어느 해 가을, 광화문 글판에서 만난 한 구절로는 아쉬운 마음이 들어서 시를 다 찾아 읽었던 기억이 납니다.

한때 "아프니까 청춘이다"라는 제목의 책이 베스트셀러가 되면서 아픔은 청춘의 특권인 것처럼 유행했던 적이 있습니다. 불안한 미래에 현재를 저당 잡힌 고달프고 외로운 청춘들. 그 청춘들에게 절망하지 말라는 힘을 주는 메시지가 분명함에도 불구하고 요즘에는 '아프면 환자지, 무슨 청춘이냐'면서 거부감을 표하는 이들도 많다고 합니다. 힘을 주고자 하는 어떤 말이 청년 세대에게 도리어 상처가 되는 일도 다 시절이 힘들어졌기 때문이겠지요.

최근 우리나라는 세대 간의 분열이 크나큰 사회적 이슈가 되었습니다. 기성세대는 청년들에게 희망을 주지 못했습니다. 입시 지옥을 통과하여 대학에 들어가 아무리 열심히 공부해도 기대하는 일자리가 없습니다. 철옹성처럼 이미 계급적 대물림이 굳어진 데다 소위 '좋은 대학'을 나오지 않으면 정규직이 되기 힘듭니다. 안전과 생존이 보장되지 않은 일터에서 온갖 다양한 종류의 착취와 부조리, 죽음과 대면하는 젊은이들. 떨어져 죽고, 끼어 죽고, 사고와 과로로 죽어가는 젊은 목숨을 보면, 곱게 물이 들기도 전에 조락하는 나뭇잎 같아 마음이 아픕니다.

가을날 떨어지는 낙엽에서 삶의 무상을 노래하기도 하지만, 눈 밝은 시인은 나뭇잎에 난 구멍을 봅니다. 그 구멍은 벌레가 낸 나뭇잎의 상처입니다. 우리는 모두 온전하기를, 상처나 아픔 없이 행복하기를 원하지요. 불행을 원하는 사람은 하나도 없습니다. 아프기보다 건강하기를, 슬프기보다 기쁘기를, 가난하기보다 부유하기를 원합니다. 상처 없는 손을, 굳은살 없는 발을, 주름 없는 얼굴을 원합니다. 그런데 시인은 나뭇잎이 벌레 먹어서 예쁘다고 하네요. 나뭇잎이 그냥 예쁘기도 하지만, 벌레 먹어서 예쁘다고 굳이 말하는 이유는 무엇일까요? 시인은 나뭇잎의 벌레 먹은 구멍을 통해 하늘을 봅니다.

벌레 먹어 생긴 구멍으로 하늘을 보는 일은 상처를 통

해 삶의 진실을 보고, 삶의 신비를 보고, 세상을 본다는 말일 것입니다. 물론 시인은 압니다. 상처가 나서 예쁘다는 말을 함부로 하면 안 된다는 것을요. 상처는 아무리 작은 상처라도 아프니까요. 티눈 하나도 아프고 종이에 살짝 베인 손가락의 상처조차도 쓰리고 아픕니다. 아픔은 고통이고요. 고통을 원하는 이는 하나도 없습니다. 그 자명한 이치 속에서도 다시 생각해봅니다. 살면서 나를 아프게 한 일이 어쩌면 나를 가장 성장시킨 것이 아닌가 하는……. 내게 상처가 된 일들, 당시에는 쓰리고 아프고 속상하지만 시간을 두고 생각하면 좀 더 넓어지고 깊어진 나로 인도한 여러 경험들. 상처를 주는 이나 상처가 된 사건을 두고두고 잊지 못하는 속 좁은 우리이건만, 그래서 때로는 복수하겠다고 이를 바득바득 갈기도 하지만, 그 상처를 잘 여며 아물게 하는 과정에서 우리는 삶의 지혜를 배웁니다.

상처를 알지 못하는 사랑 또한 불가능합니다. 상처와 아픔을 함께 나누면서 좋기만 하던 사랑에 연륜이, 깊이가 생깁니다. 상처를 나누는 사랑은 공감과 연대의 너른 바다에 도달하게 합니다. 영국의 시인 윌리엄 블레이크William Blake, 1757~1827는 「순수의 전조」에서 "한 알의 모래에서 세상을 보고 / 한 송이 들꽃에서 세상을 보라"고 했습니다. "손바닥에 무한을 쥐고 / 찰나에서 영원을 붙잡으라"고 한 블레이크는 "새장에 갇힌 새 한 마리가 / 온 천국을 분노케 한다"고 했으니, 작은 것을 통해 전체를 보는 이 명징한 깨달음은 벌레 먹은 나뭇잎의 조그만 구멍을 통해 하늘을 보는 이생진 시인의 시선과 맞닿아 있습니다.

이생진 시인은 섬 시인, 바다 시인으로 불리지요. 1996년 시집 『먼 섬에 가고 싶다』로 윤동주문학상을, 2002년에는 『혼자 사는 어머니』로 상화시인상을 수상한 시인은 1929년생입니다. 노년의 시인은 나이 아흔이 되니 살아서 행복하다는 것과 살아서 고맙다는 것을 비로소 알게 되었다고 고백한 바 있습니다. 이걸 알려면 네 가지 조건이 필요하다고 하네요. 첫째, 건강해야 하고, 둘째, 아흔이 되어도 제 밥그릇은 제 손으로 챙길 줄 알아야 하며, 셋째, 밥을 먹듯이 시를 써야 하고, 마지막으로 제정신으로 걸어가야 한다고요. 놀라운 젊음의 기백입니다. 젊은이들도 눈 번쩍 뜨게 하는 기상입니다.

젊음 한가운데 있건만 아픔과 상처와 눈물과 불안과 고독으로 얼룩진 시간을 지나고 있는 우리. 오늘이 고달프고 절망스럽기만 하다면, 내 손의 상처와 타인의 손의 상처를 함께 생각해보는 것은 어떨까 싶습니다. 상처는 나의 상처건 타인의 상처건 아프고 쓰리지만, 치유를 기다리며 고마움을 알게 하는 자리이기도 합니다. 내 상처를 보듬고 타인의 상처를 함께 알고 나눌 때 그 상처는 별처럼 아름다운 흔적이 됩니다.

오늘도 나를 대신하여 뛰는 이들이 많습니다. 이들의 굳은살 박인 발, 나를 대신하여 음식을 만드는 손, 또 나를 위해 아파하는 이들, 나를 위해 기도하는 손을 생각합니다. 내가 알지도 못한 채 상처를 준 지난 일들도 떠올려봅니다. 벌레 먹은 나뭇잎의 구멍을 통해 하늘을 보듯, 상처를 통해, 또 상처의 연대를 통해 새로운 내일을 열어나갈 이 세계의 다른 길을 생각해봅니다. 벌레 먹은 구멍을 통해 하늘을 보는 일은 결국 우리의 꿈, 희망, 생명이 상처를 통해 더 자라는 삶의 신비를 응시하는 일일 것입니다. 남을 먹여가며 얻게 되는 상처에 두려움 없기를, 생명을 살리는 상처, 사랑을 돋우는 아픔의 자리를 잘 보듬을 수 있기를 바라는 오늘, 피로한 시간이 다시 환해집니다.

판문점을 다녀와서

판문점, DMZ를 다녀와서

로버트 하스

인간의 상상력은 거창한 숫자와는 어울리지 않는다. 한국전쟁에서 250만 명이 넘게 죽었다. 그처럼 많은 몸들을 파괴하려면 훨씬 더 오랜 시간이 걸릴 것이다. 전투나 병으로 죽은 중공군은 50만. 남한 사람들은 100만 명이 죽었고 그중 5분의 4가 민간인이었다. 북한 사람들은 110만 명이 죽었다 한다. 정확한 용어가 아니라 이런 생각을 하노라면 졸음이 쏟아진다. 남한 사람들이 다 한국의 남쪽에서 태어난 것은 아니다. 일부는 북에서 태어났지만 나라가 남북으로 갈라졌을 때 가족을 찾아 혹은 종교나 정치적인 이유로 남쪽으로 건너왔다. 전쟁 중 그 나라 집의 반이 파괴되었고 공장과 관공서는 거의 다 파괴되었다. 인구 40만의 평양은 1제곱킬로미터당 1000발의 포격을 받았다. 미군은 2만6천 명이 전쟁 중에 죽었다. 적어도 공동의 수치를 느껴야 하는 인간들이 이런 사실을 어떻게 받아들였는지 아무 증거가 없다. 숫자만으로는 마음에 담아두기 어려울지도 모르겠다. 그래서 내가 판문점에서 전세버스에서 내려 군용버스로 옮겨 탈 때 갑자기 멀미가 났는지도 모르겠다. 자기 일을 잘 하도록 훈련받은 어린 병사들은 오월 열기에 여름옷 걸친 우리 몸들을 옮겨 태웠다. 연극

적이라고 느껴질 정도로 정확하고 신속하게. 군인들은 젊었다. 아마 칭찬받고 싶었는지도 모르겠다. 우리가 수단으로 만들어버린 이 군인들에 대해 그때 내가 받은 그 느낌을 말로는 표현할 수가 없다.

경비탑 사이로
하얗게 날리는 것
천사들인가? 결혼식을 하나?
그건 바로 버드나무에 둥지 튼
왜가리들이었어.

* 2017 서울국제문학포럼에서 읽은 시.

이 시는 로버트 하스Robert Hass, 1941~라는 미국 시인이 몇 해 전에 쓴 산문시입니다. 하스는 버클리대 영문과 교수이면서 미국의 계관시인으로 임명된 시인인데, 한국에 여러 차례 방문한 적 있습니다. 이 시는 몇 년 전 서울에서 열린 국제문학포럼에 초청되어 왔을 때 발표한 시입니다. 시인은 판문점과 백담사, 석굴암 등을 둘러본 후에 그 감회를 시로 남겼고, 그 시를 다시 국제문학포럼에서 발표, 제가 이를 우리말로 번역했던 인연이 있습니다. 지금 젊은 세대에게는 1950년 6월 25일에 발발한 한국전쟁이 선사시대의 일처럼 멀게 느껴진다는 말도 있지만, 여전히 전쟁의 위험을 안고 사는 우리에게 평화는 참으로 간절한 기도입니다.

시에는 숫자가 많이 등장하네요. 우리와 가깝고도 먼 나라 미국의 시인 하스는 한반도에서 오래전에 벌어진 참상을 낯선 이방인의 눈으로 보고 숫자로 기입합니다. 아마 판문점과 DMZ를 방문하여 거기서 얻은 정보를 시에 기입한 것 같습니다. 숫자에 밝지 못한 저는 한국전쟁에서 얼마나 많은 이들이 죽었는지 이 시를 읽기 전까지는 사실 잘 알지 못했습니다. 우리 역사인데도 말이지요. 엄청난 참상, 엄청난 비극, 셀 수 없이 많은 희생과 한을 남긴 전쟁이건만 가족사 안에서 구체적인 사건이 없으면 자칫 먼 나라 이야기로 비쳐질 수 있습니다. 이산가족들의 눈물 또한 당사자가 아닌 이상 속속들이 느끼기는 힘듭니다.

시인 하스는 섣부른 감정이입을 자제하고 인간의 상상력이 거창한 숫자와는 어울리지 않음을 고백합니다. 한국전쟁에서 죽은 숫자들을 남한 사람, 북한 사람, 중공군, 미군 등으로 나누어 기술하고 군인들과 민간인들의 희생을 부연 설명 없이 간단하게 기입하여 전쟁이 무엇인지 어떻게 기록되는지를 실감 나게 보여줍니다. 국토를 폐허로 만든 포격은 평양을 예로 들어 설명하는데, 1제곱킬로미터 안에 1000발의 포격을 받았다고 하니, 숫자에 둔감한 저 같은 독자로서도 아찔한 전율이 느껴지는 무차별 폭격의 상흔이 실감 납니다.

건조하게 숫자로 기록된 전쟁을 보고하듯 기술한 다음에 시인은 판문점에서 본 군인들에 대한 이야기를 합니다. 판문점에서 복무하는 군인들은 잘 훈련된 군인들이겠지요. 가장 긴장된 분단 지점에서 복무하는 만큼 노련하고 숙련된 훈련을 거쳤을 우리의 청년들은, 외국에서 온 작가들을 전세버스에서 군용버스로 옮겨 태워 DMZ로 이동하는 안내를 해주었을 것입니다. 전 세계에서 온 작가들에게는 한반도의 분단 현실을 가장 실감 나게 체험할 수 있는 공간이 판문점과 DMZ니까요.

저도 함께 상상해봅니다. 그 숙련된 군인들의 몸짓을…… 잘 교육받고 자란 우리의 청년들이 정확하고 신속하게 임무에 열중하는 모습. 자긍심마저 느껴지는 그 표정들에서 시인이 읽어낸 것은 분단 현실이 개인에게 짐 지운 지독한 비극적 아이러니입니다. 어떤 참상을 현실로 겪진 않았지만 남북으로 갈라진 땅에서 태어난 이상 서로 총구를 겨누어야 합니다. 분단의 이유와 과정에는 눈을 가리고 통일의 열망마저 지운 채 군인으로서의 임무에 복무하는 것. "우리가 수단으로 만들어버린 이 군인들에 대해 그때 내가 받은 그 느낌을 말로는 표현할 수가 없다"고 시인이 고백할 때, 분단 현실을 살아가는 우리는 서늘한 느낌을 받지 않을 수 없습니다. 타국의 먼 시인은 그렇게 표현할 수 없다는 착잡한 고백을 통해 우리가 놓인 현실, 우리의 잠든 의식을 일깨웁니다.

시인은 건조한 산문시의 말미를 서정적인 짧은 운문으로 마무리하는데요. 젊은 병사에게 향하던 눈을 들어 경비탑을 보니 그 사이에 뭔가 희끗한 것들이 있습니다. 그 희끗한 것들이 천사들인지, 결혼식을 하는 건지, 자세히 살펴보니 그것은 바로 버드나무에 둥지를 튼 왜가리들이었다고 합니다. 그 대목에 이르러 독자는 전쟁이 남긴 상흔을 아직도 겪고 앓는 지금 이 땅의 현실에서 남과 북을 따로 가르지 않고 버드나무에 둥지 튼 왜가리들의 평화를 실감하게 됩니다. 우리가 이루지 못한 평화를, 합일을, 단합을 이 왜가리들은 판문점 경비탑 사이 버드나무에서 열심히 이루고 있으니까요. 새하얀 결혼식 신부 같은 느낌을 자아내면서요.

이 글을 쓰면서 몇 년 전 막 연둣빛 물이 오를 때 남과 북의 두 정상이 푸른 나무 아래 정자에 앉아서 이 땅의 평화를 위해 대화를 나누던 그 시간을 떠올립니다. 판문점에서 남과 북을 가르는 선을 넘어 두 정상이 악수를 하며 서로를 껴안았을 때, 멀리 영국에 사는 친구 애나는 감격하여 눈물을 흘렸노라고 메일을 보내왔습니다. 남과 북이 이 땅에서 더 이상은 전쟁이 없을 거라는 선언을 했음에도 불구하고 한반도의 정세는 여전히 복잡하게 돌아갑니다. 기대했던 만큼 평화의 걸음걸이가 큰 보폭으로 나아가지 못해 우리는 속만 탑니다.

한국전쟁을 직접 경험하지도 않은 미국의 노시인의 판문점 이야기가 지금 오늘에도 여전히 울림이 큰 것은 바로 숫자로 기입되는 무지막지한 희생자들의 목숨을 바라보는 시인의 곡진한 시선 때문입니다. "그처럼 많은 몸들을 파괴하려면 훨씬 더 오랜 시간이 걸릴 것이다." 실로 하나의 목숨은, 하나의 몸은 하나의 우주와 같은데, 그처럼 많은 목숨이 자기 생을 다 잇지 못하고 단숨에 재가 되어야 했던 전쟁의 참혹.

전쟁을 일으킨 자들의 책임과 반성은 없고 힘없는 이들이 희생으로 지키고 가꾸는 땅. 젊은 군인들의 성실하고 일상적인 임무를 바라보는 시인의 안쓰러운 시선은 이 땅에서 참혹한 전쟁이 다시는 없어야 한다는 것을 강하게 암시합니다. 반성을 모르는 정치 대신 시인의 눈이 부끄러움을 일깨웁니다. 버드나무에 둥지 튼 왜가리들의 몸짓을 응시하는 눈이 평화의 리듬을 일깨웁니다. 낯선 이방인이 방문한 판문점의 풍경을 통해 이 땅에 올 듯 말 듯한 평화의 걸음걸이를 당겨 불러봅니다.

눈 감고 씨를 뿌리며

자기 연민

D. H. 로렌스

야생의 것이 자신을 안쓰러워하는 걸

나는 한 번도 본 적이 없다.

얼어 죽어 나뭇가지에서 떨어지는 작은 새 한 마리도

자신을 안쓰러워한 적은 없었으리라.

⁕ *D. H. Lawrence Complete Poetry*, Blackthorn Press

눈 감고 간다

윤동주

태양을 사모하는 아이들아
별을 사랑하는 아이들아

밤이 어두웠는데
눈 감고 가거라.

가진 바 씨앗을
뿌리면서 가거라.

발부리에 돌이 차이거든
감았던 눈을 와짝 떠라.

* 홍장학 엮음, 『정본 윤동주 전집』(문학과지성사)

여러분은 언제 새 결심을 하고 새 마음을 먹나요? 대개 한 해가 시작될 때, 혹은 새로운 달이나 계절이 시작될 때 우리는 어떤 새로움 앞에 섭니다. 그러나 그 새로움은 매일, 하루하루 되새겨야 하는 일이기도 합니다. 마음이 새로움에 무디어질 때, 시를 읽습니다. 이번 시들은 힘든 일 있어도 스스로를 가련히 여기지 말고 눈을 감고 씨앗을 뿌리라고 말해주네요.

간결한 시어에 명징한 이미지를 담은 첫 시는 자기 연민에 대한 경고를 전하고 있는 D. H. 로렌스D. H. Lawrence, 1885~1930의 시입니다. 『아들과 연인』 『사랑에 빠진 여인들』 『무지개』 등을 남긴 이 위대한 소설가는 시도 많이 썼지요. 나뭇가지 위에서 얼어 죽어 떨어지는 새를 응시하는 시선은 얼핏 슬픔을 자아내지만, 시에서 슬픔이나 연민이 강조되지는 않습니다.

이 짧은 시에서 반복되는 구절이 있으니, 바로 "자신을 안쓰러워하는sorry for itself"이라는 말입니다. 어떤 야생의 것도 자신을 안쓰러워하지 않는다고 할 때, "야생의 것a wild thing"은 생명 가진 존재를 통칭하는 말이겠지요. '사람' 혹은 '존재' 대신 '것'이란 말로 시인은 이 세상의 낮은 자리를 차지하는 뭇 생명들을 아우릅니다. 그렇다면 "야생의 것"은 인간과 대비되는 말. 네, 이 시는 인간이 빠지기 쉬운 '자기 연민'에 대해 경종을 울리고 있습니다.

연민은 가련히 여기는 마음, 고통에 대한 인식을 통해 고통받는 자를 가엾이 여기고 한계를 받아들이는 마음입니다. 건강한 방식으로 고통을 자각하는 것은 우리 살아가는 이 세계를 이해하는 기반이 되며 그 마음이 이웃을 향할 때 우리는 폭넓은 사랑을 실천할 수 있겠지요. 뭇 생명에 대해 갖는 연민은 우리가 꼭 가져야 하는 마음 한 자락이지요.

하지만 연민의 대상이 타자보다 자기 스스로에게로 향할 때 우리는 자칫 쉽게 나약해집니다. 많은 경우 '자기 연민'은 자기 상황을 객관적으로 보지 못하게 만들고 허위의식 속에 자신의 고통을 과대 포장하는 역할을 합니다. 어려움을 건강하게 극복하는 마음의 면역력을 줄이는 자기 연민은 자기 아픔을 극대화하고 다른 이들의 처지를 헤아리지 못하게 합니다.

시인은 어떤 야생의 것도 자신을 불쌍히 여기지 않는다는 말로 인간만이 자기 연민을 갖는 존재라는 걸 에둘러 표현합니다. 얼어 죽은 새의 숭고한 비장미를 보여주면서 시는 자기 안의 에너지를 잃고 자기 연민에 빠져 허우적거리는 나약한 이들에게 중심을 잡고 견고하고 단단해지기를 권

합니다. 작은 불행에서 죽음에 이르기까지 자신에게 닥친 불운을 슬퍼하지 않고 당당하게 견디며 통과하는 일, 결코 쉽지 않습니다. 그렇다면 '자기 연민'을 극복하고 스스로의 불행과 고통에 대해 단단해지는 방법에는 어떤 것이 있을까요?

여기서 시인 윤동주가 일러주는 길을 성찰해볼까 합니다. '하늘과 바람과 별과 시'를 노래한 윤동주는 맑은 목소리의 동시도 많이 남겼지요. 시인은 태양과 별을 사모하는 아이들에게 눈 감고 가라고 주문합니다. 왜 눈을 감고 가라고 할까요? 밤이 어두워졌기 때문입니다. 낮은 밝고 밤에 어두운 것은 당연한 일. 어두운 밤일수록 눈을 더 환히 떠야 하거늘 눈 감고 가라고 합니다. 왜일까요?

밤이 어둡다는 걸 강조한 것은 시대가 어렵기 때문입니다. 어두운 밤길에 앞이 안 보인다 해서 겁먹고 있으면 한 발자국 떼기도 힘들겠지요. 어려운 시절에 너무 많은 것을 헤아려 계산하다 보면 어떤 것도 행할 수 없습니다. 어두워도 눈 감고 가야 한다는 당위. 눈 감고 가는 걸음은 세심하게 온몸의 촉각을 집중하여 자기 내면에서 우러나오는 본성과 소망을 정직하게 가까이 느끼는 행위입니다. 눈 감고 가는 것은 어려운 시절에 희망을 향해 나아갈 때 지녀야 하는 생의 본능입니다.

시인은 특히 "가진 바 씨앗을 / 뿌리면서" 가라고 하네요. 온 몸과 마음의 감각을 더듬어 가는 길에 씨앗을 뿌리는 것은 미래를 예비하는 일입니다. 다만 씨앗이 어디에 어떻게 뿌려져 발아할지 알 수 없기에 어둠 속에서 눈 감고 가면서 씨앗을 뿌리는 행위는 어떤 조건, 어떤 상황에서도 두려워하지 않고 꿈을 예비하고 희망을 찾는 용기 있는 자세입니다. 당당한 미래형의 준비입니다. 완벽히 준비되어 있지 않은 상태에서 개척하는 손의 일, 발의 일입니다.

시의 말미에 "발부리에 돌이 차이거든 / 감았던 눈을 와짝 떠라"라고 하는데요. 눈을 뜰 때 대개 눈을 '번쩍' 뜬다고 말하는데 시인은 '와짝'이라는 신선한 단어를 쓰네요. '와짝'은 단단한 것이 깨지는 소리이기도 하고 뭔가가 갑자기 많이 늘어나거나 줄어드는 모양이나 기세를 말하기도 합니다. 또 여럿이 달라붙어서 일을 해치울 때 기세가 커지는 걸 표현하는 말입니다.

소리와 기운이 결합된 '와짝'이란 말로 시인은 어두운 길을 가다 돌부리에 걸려 넘어질 때 기세 좋게 눈을 뜨라고 가르쳐줍니다. 그 길은 혼자만의 길이 아니며 넘어지는 걸음을 단단히 세우는 힘도 단박에 생길 수 있다는 걸 일러줍니다. 참 신기한 주문입니다. 힘든 시절에 이것저것 가늠하다가 시기를 놓치거나, 이익과 손해를 따지다가 아무것도 하지 못하고 울기만 하는 경우가 얼마나 많은지요. 이 시는 어두운 길을 나설 때 눈 감고 한 발 떼어보라고, 씨앗을 뿌리면서 어서 나아가라고 용기를 줍니다. 가다가 넘어지면 눈을 와짝 뜨면 되니까요.

두 편의 시를 함께 읽는 시간, 어떤 아침, 한낮 혹은 밤, 단독자이면서 여럿이 함께 살아가는 세계 안의 우리 모습을 생각합니다. 살다 보면 뜻하지 않은 국면에서 좌절할 수도 있고, 꼭 바라고 노력한 일의 결과를 얻지 못할 수도 있습니다. 내 것이라 생각했던 것의 상실을 경험할 수도 있습니다. 잘 안다고 생각한 일에서 뜻하지 않은 실수를 하거나 자기 한계에 부딪쳐 괴로워하기도 합니다. 하지만 이는 나만 겪는 일이 아니고 모든 존재에게 공히 부여된 생의 조건입니다. 이를 정직하게 응시하다 보면 나의 한계와 고통, 불행에 과하게 반응하며 스스로를 안쓰럽게 여기는 자기 연민을 극복하고 어둠 속에서 눈 감고 한 발 다시 내딛는 용기를 얻을 수 있습니다.

지나친 자기 연민을 극복하는 것은 세계 안의 다양한 존재들에 대한 폭넓은 연민과 공감으로 나아가기 위한 기본 조건입니다. 앞이 보이지 않는 밤에는 눈을 감고서라도 한 발 내딛는 용기가 필요하며 그 첫걸음은 스스로를 가련히 여기지 않는 자세입니다. 용기는 희망의 다른 이름이기도 하니까요. "사실 우리는 희망으로 구원을 받았습니다. 보이는 것을 희망하는 것은 희망이 아닙니다. 보이는 것을 누가 희망합니까? 우리는 보이지 않는 것을 희망하기에 인내심을 가지고 기다립니다.◆"

그러므로 우리는 지금 눈앞에 또렷이 보이지 않는 것들을 감히 바라야 합니다. 지금 우리 귀에 들리지 않는 말을 참을성 있게 찾아야 합니다. 그것은 도무지 불가능해 보이는 용서일 수도 있고 해원解冤일 수도 있고 화해, 혹은 꿈일 수도 있습니다. 내 자신에게만 가혹하게 작동하는 것 같은 운명을 원망하는 대신, 이 세계의 존재 조건에 과감히 눈을 열어 자기 연민을 극복하는 일. 어두운 길을 눈 감고 씨를 뿌리며 가는 것. 하루하루의 시작과 끝, 그 기도 위에 소망처럼 얹어봅니다.

◆ 로마 8:24-25

먹이는 일과 먹는 일

사랑은 야채 같은 것

성미정

그녀는 그렇게 생각했다
씨앗을 품고 공들여 보살피면
언젠가 싹이 돋는 사랑은 야채 같은 것

그래서 그녀는 그도 야채를 먹길 원했다
식탁 가득 야채를 차렸다
그러나 그는 언제나 오이만 먹었다

그래 사랑은 야채 중에서도 오이 같은 것
그녀는 그렇게 생각했다

그는 야채뿐인 식탁에 불만을 가졌다
그녀는 할 수 없이 고기를 올렸다

그래 사랑은 오이 같기도 고기 같기도 한 것
그녀는 그렇게 생각했다

그녀의 식탁엔 점점 많은 종류의 음식이 올라왔고

그는 그 모든 걸 맛있게 먹었다

결국 그녀는 그렇게 생각했다
그래 사랑은 그가 먹는 모든 것

* 『사랑은 야채 같은 것』(민음사)

잘 먹는 사람이 좋아요. 맛있게 먹는 사람이 좋아요. 기쁘게 먹는 사람이 좋아요. 소박한 밥상 앞에서 웃는 사람이 좋아요. 아침상 차리려고 새벽에 일어나 쌀을 뽀드득뽀드득 치대 씻을 때 그 간질거리는 손의 느낌이 좋아요. 뽀얀 쌀 안쳐서 밥을 지을 때, 압력 밥솥에서 치치칙 올라오는 그 증기 소리가 좋아요. 내가 차린 밥상에 앉아 골고루 젓가락을 움직이며 맛있게 먹어주는 입은 또 얼마나 좋은지요.

먹이는 일과 먹는 일을 오래 생각한 하루입니다. 따끈한 국물, 따스운 밥, 아플 때면 늘 생각나는 엄마 밥, 엄마의 김치국밥, 열 오른 이마에 닿는 따뜻한 엄마 손길……. 네, 밥은 사랑입니다. 씨앗을 품어 공들여 보살피면 언젠가 싹이 돋는 것이 사랑이라고 한다면 사랑의 가장 지극한 형태는 밥상이다 싶습니다.

사랑이 야채 같아서 야채를 잔뜩 차렸더니 남자는 오이만 먹었다고 하네요. 사랑은 야채 같고 오이 같은 것. 오이만 먹는 남자가 못내 안타까워 여자는 남자가 좋아하는 고기를 차렸다고 하네요. 사랑은 야채 같기도 하고 오이 같기도 하고 고기 같기도 한 것. 아마도 누군가에게 사랑은 토마토 같기도 하고 사과 같기도 하고 배 같기도 하고 수박 같기도 하고 여름날 오이지 같기도 하고 청양고추 같기도 한 것이겠지요. 사랑은, 사랑은…… 그 흔한 사랑은 이렇게 다양한 얼굴을 하고 옵니다.

시와 함께 돌아보니, 지난 계절에 각별한 사랑을 많이 만났네요. 매운 음식을 좋아한 탓에 위염이 생겨 고기 대신 생선을, 생선 중에서도 민어와 박대를 많이 먹었지요. 민어는 순하고 연한 생선. 민어를 먹는 동안은 마음도 눈도 그처럼 순하고 연해지는 것 같아 참 좋았습니다. 사랑도 민어와 같아 식탁의 눈빛도 순해졌던 것 같습니다. 박대는 서해안에서 나는 생선인데 은근한 불에 구우면 그 고소한 냄새가 참 좋아서 저도 그렇게 노릇하게 익어가는 느낌이었지요. 어머니는 구운 박대를 늘 식탁에서 맨손으로 길게 죽 찢어 밥 위에 얹어주곤 하십니다. 젊은 며느리는 가위로 먹기 좋게 토막을 냅니다. "얘, 넌 그렇게도 먹는구나" 하시더니, "그래, 이 방법도 좋아!" 금방 수긍하시는 어머니.

여름에는 수박의 흰 속살을 썰어 김치를 담그지요. 토마토와 오이, 양배추를 섞은 김치는 여름 내내 별미고요. 사랑은 수박과도 같아 아삭아삭 청량하고, 토마토 김치와도 같아 맵지 않고 시원하지요. 때로 사랑은 고들빼기와 씀바귀처럼 쓴맛으로 다가와 저를 놀라게도 하고요. 때로 사랑은 냉장고 구석에서 오래 방치된 고깃덩어리의 진물 나는 난처함 같기도 하고요. 택배로 올라온 김장 김치처럼 묵직한 기다림이기도 하고요. 김치냉장고에 넣기 전에 발갛게 버무려진 그 배추가 너무 예뻐 군침 꿀꺽 삼키다 결국 선 채로 밥 한 공기 뚝딱 비우는 갈망이기도 하지요. 그 여러 얼굴 모두가 사랑입니다.

시인은 식탁에 그가 좋아하는 것을 점점 더 많이 올리면서 결국 사랑은 "그가 먹는 모든 것"이라는 결론에 도달합니다. 그 결론에 이르기까지 얼마나 많은 시행착오가 있었을까요. 얼마나 많은 망설임과 기쁨과 실망과 속앓이가 있었을까요? 어른이든 아이든 우리 모두는 사랑이라는 그 흔한 이름 앞에서 늘 헛발질하는 서투른 아이 같습니다. "이게 다 네가 걱정되어서 그러는 거야" 채근은 사랑을 키우지 못하고 가두곤 하고요. "내가 알아서 다 해줄 테니 당신은 내가 하라는 대로 하기만 하면 돼요"란 말과 함께 사랑은 달콤한 사탕이 되어 나를 길들이기도 합니다. 마침내는 상대방을 썩은 이처럼 나약하게 만드는 지나친 사랑, 나쁜 사랑도 있고요. 이는 사랑이라고 하지만 실은 과한 보살핌으로 상대의 자립을 빼앗는 폭력이 되는 그릇된 사랑이지요. 그런 사랑, 우리는 잘 압니다. 편한 살핌에 길들여져 마침내 혼자서는 아무것도 하지 못하게 된 무능한 탄식들을 많이 보니까요.

시인 김수영은 "난로 위에 끓어오르는 주전자의 물이

아슬 / 아슬하게 넘지 않는 것처럼 사랑의 절도節度는 / 열렬하다 / 간단間斷도 사랑◆"이라고 했습니다. 넘치는 사랑보다 더 어려운 것이 절제하는 사랑입니다. 난로 위 주전자의 물이 끓어오르지 않도록 열정의 속도를 늦추는 것도 사랑이고, 때로 물러서는 것도 사랑입니다. 멀리서 지켜보는 것도 사랑입니다. 내가 아니더라도 괜찮다는 깨달음도 사랑입니다. 속도를 아는 사랑, 기다리는 사랑, 지켜보는 사랑은 열렬한 사랑, 넘치는 사랑보다 훨씬 더 어렵습니다. "사랑의 음식이 사랑이라는 것을 알 때까지" 계속되어야 할 이 영속적인 사랑의 싸움은 '사랑의 절도'를 배우는 시간입니다.

아마도 우리는 모두 넘치고 모자란 사랑의 비애와 슬픔을 잘 알고 있을 거예요. 끓는 주전자의 넘치는 물에 데어본 적이 있을 거예요. 놀라서 물러났다가 다시 다가간 경험이 다 있을 거예요. "사랑은 그가 먹는 모든 것"이란 걸 경험으로 다 알고 있을 거예요. 사랑의 속도는 사랑의 깊이만큼 어렵고 사랑을 주는 일도 받는 일도 그래서 매일의 시험 속에서 새롭다는 걸 모두 압니다.

피곤하게 돌아온 저녁, 쉴 참도 없이 주방으로 직진해서 서둘러 가스 불을 켜 요리를 하면서 먹이는 일과 먹는 일

◆ 「사랑의 변주곡」 중에서

의 숭고함과 기쁨을 생각합니다. 무언가를 준비하고 장만하고 기다리는 시간은 모두 사랑이라는 이름이 부과한 통과의례. 자신의 시간을 내어주고 에너지를 들여 타인을 위해 무언가를 준비하는 일. 먹는 일은 타인의 노동과 사랑과 준비와 기다림을 오롯이 내 안으로 받아들이는 일. 먹이는 일과 먹히는 일과 먹는 일은 그렇게 다 서로를 살게 하는 어떤 보살핌입니다.

오늘을 돌아보니 내 아침을 먹어준 이, 내 점심을 나누어 준 이, 내 저녁을 차린 이, 나를 보살핀 식사, 나를 자라게 한 밥, 나를 돌보고 살핀 식탁의 온기야말로 기적이고 신비입니다. 이 온기가 없었다면 우리는 얼마나 춥고 허했을까요? 설령 오늘 혼자만의 식탁에 앉아 있다 해도 너무 외로워하지 않기로 합니다. 수저를 들어 누군가의 살핌으로 여기까지 온 밥 한술 뜨는 일은 그 자체로 경건한 기쁨이니, 혼자라도 그득합니다. 그래서 말해봅니다. 오늘 내 식탁에 앉은 이여, 고맙습니다. 오늘 내 살핌을 받아준 이여, 고맙습니다. 먹이는 일과 먹는 일의 다정하고 무심한 반복이 우리를 살게 합니다.

눈을 밝히는 것과 어둡게 하는 것

눈을 어둡게 하는 것

김기홍

완행열차를 타고

완행버스를 타고

잡초 난 지붕 아래 노인들만

동부를 까는 고향을 갔었네.

잦은 태풍에 쓰러진

나락보다 얼병 든 허리를 두드리며

새 각시 얼굴만큼 곱던 바닥 태풍이 쓸어버려

돌멩이 울퉁불퉁 내비치는 마당에서

도리깨질하는 아버지

밤이면 돋보기로 신문을 훑어 내리며

"학생들이 공부는 안 허고 무슨 데모만 그렇게 해싼다냐

인자 눈이 침침해 신문도 못 보겄다."

막걸리에 띄워서 말씀드렸네.

아부지, 눈을 어둡게 하는 것은 세월이 아니라

보시던 그 신문이어라우.

즐겨 보시는 그 텔레비전여라우.

* 『슬픈 희망』(갈무리)

완행열차라는 말을 더 이상 쓰지 않는 시절을 살아가다 보니 시의 첫 구절부터 다소 생소합니다. '동부'라는 단어는 어른들은 아는 분들이 많으시겠지만 젊은 세대에겐 낯선 단어일 것이고요. 팥 대신, 혹은 송편 빚을 때 소를 밤 대신으로 넣는 동부콩이 시에 나와서 반가웠지요. 시의 화자는 완행열차와 완행버스를 타고 "잡초 난 지붕 아래 노인들만 / 동부를 까는" 고향에 갔다고 합니다. 공교롭게도 저는 이 글을 고향에 가는 KTX 기차 안에서 쓰고 있습니다. 고속으로 달리는 기차 창밖으로 낮은 산과 들, 느긋하게 휘돌아 감기는 강이 휙휙 지나갑니다. 예전에는 하루 종일 걸리는 귀향길이었지만, 급행열차는 두어 시간이 지나면 고향 언저리에 저를 내려놓겠지요.

나락은 벼를 뜻하는 말로 저희 고향에서도 많이 쓰던 말인데요. 얼병이 든다는 건 무슨 뜻인지 몰라서 사전을 찾아보니 멍이 든다는 뜻이라고 합니다. 태풍이 한 차례 지나간 시골 풍경이 눈에 선연히 그려집니다. 논에 벼들은 온통 쓰러져 있고, 농사짓는 아버지는 고된 농사일로 쓰러진 벼보다 더 심하게 아프지만 그 멍든 몸으로도 앓아누워 있을 수가 없어 마당에 나와 도리깨질을 합니다. 부지런한 부모님이 비질을 자주 해서 곱디곱던 흙 마당은 태풍 때문에 흙이 쓸려 나가 울퉁불퉁 돌이 드러나 있습니다. 밤이면 돋보기로 신문을 읽는 아버지.

'학생들이 공부는 않고 왜 그리 데모만 하냐'는 타박은 어제오늘의 일이 아닙니다. 공부 잘해서 출세하라고 자식들을 서울로 큰 도시로 떠나보낸 우리의 부모님들은 온몸이 멍들도록 고단하게 일하면서도 오로지 자식들의 성공과 성취를 기대하며 그 멍을 달게 삭였을 것입니다. 그런데 공부 열심히 해서 큰일을 할 줄 알았던 자식은 하라는 공부는 않고 데모를 하다 F학점을 받고 급기야는 고향으로 쫓겨 내려옵니다. 고향집 안방에서 아들도 아비도 서로를 솔직히 마주할 수 없습니다. 시의 말미에 막걸리에 띄워서 말씀드린다는 그 부분이 인용부호 없이 적혀 있는 것도 아들이 직접 말로 하지 못한 속내를 넌지시 표현한 것이겠지요.

"인자 눈이 침침해" 즉 이제는 눈이 침침해져서 신문도 못 보겠다는 아버지에게 아들이 전하는 말이 자못 따갑습니다. "아부지 눈을 어둡게 하는 것은 세월이 아니라 / 보시던 그 신문"이에요, 라는 말. 아부지가 밤낮으로 볼륨 높여서 즐겨 보시는 그 텔레비전이 아부지 눈을 가리고 있다고요. 이 부분은 실로 많은 독자들이 공감할 듯싶습니다. 어린 날 고향을 떠나 큰 꿈을 품고 서울에 올라왔으나 시대의 한계와 문제를 직면하고, 독재정권에 맞서 싸우느라 학점은 엉망이 되고, 데모에 가두 투쟁에, 감옥으로 군대로 끌려가고 고향에 계신 아부지 어머니께는 아무런 면목이 없던 아들딸들이 얼마나 많은지요. 선거 때마다 부자간에 고성이 오가는 집이 얼마나 많은지요.

우리 현대사의 어느 한 면을 고스란히 관통하는 이 풍경에서 아부지와 아들(딸)은 어느 특정한 사람이 아니고 우리가 지나온 한 시절 전부이고 우리 모두입니다. 아부지 앞에서 어른의 말을 받아쳐서 말하지 못하는 순종적이고 착한 우리의 아들딸들도 속으로는 '아부지, 그게 아니라요' 하며 다른 논리, 다른 이치로 하고 싶은 말이 많겠지요. 시에서처럼 가령 이런 말들요, "눈을 어둡게 하는 것은 세월이 아니라 / 보시던 그 신문"이라고. '그러니, 아부지, 제발 그 신문 보지 마시고 텔레비전 뉴스를 믿지 마세요.' 아마 어느 한두 집의 사연이 아닐 것입니다.

이 시는 2002년에 출간된 김기홍 시인의 시집 『슬픈 희망』에 실려 있습니다. 20년 전의 풍경이 지금도 전혀 낯설지 않습니다. 단어 몇 개가 생소할 뿐, 시에서 어눌한 톤으로 말하는 아들의 목소리와 지친 아비, 낡고 쇠락한 농촌의 풍경은 여전합니다. 뉴스와 텔레비전을 둘러싸고 젊은 세대와 어른 세대가 벌이던 진실 공방은 인터넷으로 옮겨 가 더 복잡한 양상으로 진행되고 있습니다. 가짜 뉴스를 만들어 어르신들의 눈을 혹하게 하고 진실에 눈멀게 하는 나쁜 언론의 위악과 패악질은 더 심해졌습니다. 그래서 무얼 보고 무얼 믿어야 하는지에 대한 논의는 여전히 현재진행형의 질문입니다.

우리를 눈멀게 하는 것들을 생각해봅니다. 권력 지향적인 속성으로 거짓을 말하는 언론, 함께 사는 삶을 가르치지 못하는 교육, 나만 성공하면 된다는 헛된 성공에의 집착, 약자에 대한 돌봄의 철학을 가르치지 못하는 사회, 미래에 대한 전망을 제대로 그려 보이지 못해 청년들이 절망하고 떠나는 나라. 그 가운데 우리를 눈 밝게 하는 것들을 생각해봅니다. 평화에의 갈망, 힘든 상황에서도 어떻게든 바르게 난국을 타개해보려는 의지, 힘없고 입 없는 존재들을 우선적으로 품는 사랑의 철학, 타인의 아픔에 공감하는 눈, 공동의 삶과 공생을 지향하는 정치.

우리의 눈을 어둡게 하는 것들을 통해서 우리의 눈을 밝히는 것들을 질문하는 이 시를 쓴 시인은 2019년에 세상을 떠났습니다. 시를 좋아하고 시를 많이 읽으며 살지만 어떤 시와 시인은 까맣게 모르다가 한 걸음 늦게 알게 되기도 합니다. 시인의 희망은 왜 슬픈 희망일까요? 지독한 가난과 병마로 삶이 중도에 꺾여버린 시인을 생각하면 슬픈 희망은 결국 이루지 못한 희망, 아프게 꺾인 희망입니다. 우리 모두에게도 아직까지 요원한 꿈의 이야기입니다.

지금도 슬픈 희망은 우리 사회에서 여전히 반복되고 있습니다. 땡볕의 무더위에 철탑 위에 둥지를 틀던 노동자의 아픈 꿈은 우리 사회에서 소외되었던 약자의 마지막 절규일 것입니다. 무심하게 외면하기보다 그 아픈 멍에 귀를 기울여야 합니다. 매년 발생하는 안전사고는 어쩌면 그리 똑같이 되풀이되는지요. 막을 수 있는 일을 제대로 대비하지 못해 우리는 가족과 이웃을 갑자기 떠나보냅니다.

모든 죽음은 슬프지만 이름 없이 살다가 뜻하지 않은 사고로 그 이름이 알려지는 아픈 죽음은 더 슬픕니다. 시를 통해 만나는 시인의 삶과 죽음은 우리가 지나온 시절을 아프게 돌아보게 하면서 앞으로 살아갈 날들에 대한 질문을 무겁게 던집니다. 시인이 세상을 떠나고 나서야 저는 이 시인을 만났습니다. 뒤늦은 타전을 겸허히 들으며 눈멀게 하는 것들을 멀리하고 우리 눈을 밝히는 사랑과 평화의 전언에 더 가까이 가야겠다는, 그리하여 마음에 든 열병을 어루만지는 시의 언어를 골고루 찾아보겠다는 다짐을 하는 여름 아침입니다.

급행열차는 성큼성큼 달려 먼 고향을 앞당기고 있습니다. 부모님은 아마 아침부터 설레는 마음으로 저를 기다리고 계시겠지요. 부모님 계시는 그 땅을 향해 저도 함께 마음으로 달음박질합니다. 이 글을 통해 가난과 병마로 고통받으면서도 시의 향기로 삶의 의미를 반추했던 시인의 슬픈 희망을 구체적인 시의 힘으로 되새겨 보고자 했습니다. 노동자로 살면서 노동 현장을 생생한 언어로 갈무리했던 시인은 떠나고 없지만 그가 남긴 시는 이렇게 우리 곁에 남습니다. “아부지 눈을 어둡게 하는 것은 세월이 아니라 / 보시던 그 신문이어라우. / 즐겨 보시는 그 텔레비전여라우.”

품는 일과 안기는 일

품어야 산다

황규관

어머니가 배고픈 아기에게 젖을 물리듯
강물의 물살이 지친 물새의 발목을
제 속살로 가만히 주물러주듯

품어야 산다

폐지수거하다 뙤약볕에 지친
혼자 사는 103호 할머니를
초등학교 울타리 넘어온 느티나무 그늘이
품어주고,

아기가 퉁퉁 분 어머니 젖가슴을
이빨 없는 입으로 힘차게 빨아대듯
물새의 부르튼 발이
휘도는 물살을 살며시 밀어주듯

품어야 산다

막다른 골목길이 혼자 선 외등을 품듯
그 자리에서만 외등은 빛나듯
우유 배달하는 여자의 입김으로
동이 트듯

품는 힘으로
안겨야 산다

* 『패배는 나의 힘』(창비)

2019년 1월 1일 교황청 성베드로 대성당에서 열린 첫 미사 강론에서 프란치스코 교황께서는 고독과 고통으로 점철된 현대사회의 유일한 해독제로 '모성'이라는 메시지를 내놓았습니다. "우리 주변은 절망과 고독으로 가득 차 있다. 세상은 완전히 연결돼 있지만 점점 더 해체되고 있는 것처럼 보인다"며 이런 상황을 타개할 유일한 해결책은 모성의 본보기와 포용이라고요.

오늘날 모성은 젊은 세대에게는 큰 환영을 받지 못하는 가치입니다. 모든 것이 교환가치로 매겨지는 시대에 모성이 상징하는 대가 없는 희생과 사랑, 포용이라는 가치는 낡은 것으로 치부되기도 합니다. 미래를 기약하기 힘든 강팍한 현실에서 비혼을 선택하는 젊은이들도 늘고 있고 인구절벽을 향해 가는 우리나라에서 모성은 가장 익숙하면서도 어느 순간 낯설어진 가치입니다.

하지만 당시 프란치스코 교황의 이 말씀은 성탄 시기, 연말과 새해를 넘기며 다른 때보다 더 간절히 비탄 속에서 희망을 찾던 제게 맞춤의 말씀으로 다가왔습니다. '하늘에는 영광, 땅에는 평화'를 외치는 기쁨의 성탄을 앞두고, 하루하루를 성실과 올곧음으로 버티던 한 청년 노동자가 일을 하다 기계에 몸이 끼어 죽었습니다. 더욱이 그 청년은 죽기 전에 비정규직 노동자의 인권을 주장하는 사진 속에서 누구도 잊지 못할 선하고 다부진 눈망울을 남겼기에 그 죽음은 더 아프고 충격적이었습니다. 그 안타까운 죽음 전후로도 감전사, 추락사, 과로사 등 열악한 노동 현장에서의 안타까운 죽음들이 계속 있었고, 2018년 마지막 날에는 환자가 휘두른 흉기에 목숨을 잃은 의사의 사연도 우리를 울렸습니다.

너무 많은 죽음들. 그중 많은 경우는 막을 수 있었던 죽음입니다. 자본의 가치 대신 인간의 가치를 내세웠더라면, 타인의 희생과 착취 위에서 얻어지는 이익이라는 절대 목표 대신 함께 잘 살아가는 공생과 나눔의 가치를 내세웠더라면 막을 수 있었을 죽음입니다. 우리가 살고 있는 곳이 지속 가능한 삶의 터가 아니라 이 세계의 가장 약한 부분부터 죽음으로 몰아가는 폭력의 순환이라는 것을, 결국에는 모두를 죽게 만들 죽음의 공간이라는 것을 새삼 인지하게 하는 아픈 현실 속에서 망연해졌습니다.

그러한 때 우리를 일으켜 세운 것은 바로 모성이었습니다. 청년 김용균은 갔지만 그 어머니 김미숙 씨가 눈물을 흘리며 다른 자식들의 죽음을 막기 위해 현실과 싸우기 시작했고 그 싸움에 힘입어 노동 안전을 위한 법적 장치가 비로소 논의되기 시작했습니다. 아들을 잃은 어머니는 이 세상에서 가장 큰 비탄과 절망을 느낍니다. 하지만 모성이 그 절망과 비탄에서 어머니를 다시 일으켜 세웠습니다. 그 모성은 바로 내 자식을 품던 힘으로 다른 자식들, 다른 아이들까지 품어 안는 사랑의 힘입니다. 교황님께서 말씀하신 모성은 나의 자식, 나의 아들딸만을 위한 사랑이 아니라 그 너머 이 세상 약한 존재들을 다 아우르며 품는 힘입니다.

때마침 프란치스코 교황의 메시지에 딱 맞는 시를 만났습니다. 지독한 몸살과 씨름할 때 손에 들고 있던 시집 『패배는 나의 힘』. 앞의 시 「품어야 산다」를 읽으며 저는 이 땅의 슬프고도 강인한 어머니들을 생각했습니다. 전태일의 어머니 이소선, 이한열의 어머니 배은심, 그리고 김용균의 어머니 김미숙. 그 이름들은 그 세대의 가장 평범한 여성의 이름이었지만 위대한 어머니의 이름이 되었습니다. 칼날같이 위태로운 시절에 이 세상 전부와도 바꾸지 않을 귀한 자식을 잃고도 어머니들은 절망 대신 품어주는 힘으로 다시 일어서셨지요. 그러고는 다른 아이들을 위해, 이 시대의 야만과 모순을 바꾸기 위해 싸우셨지요.

어머니의 시선으로 미래를 바라본다는 것은 비단 생물학적인 여성에게만 해당되는 능력은 아닙니다. 연말에 예약도 없이 찾아온 환자와 상담하다가 목숨을 잃은 고 임세원 교수 또한 품어주는 힘, 살피는 힘의 위대함을 몸소 증거했습니다. 다급한 순간에도 혼자 도망가지 않고 다른 간

호사들을 피신시키다 목숨을 잃은 그는 어머니에게는 한없이 다정한 효자였고 아이들에게는 너무나 따뜻한 아빠였다 합니다. 자신이 진료하던 정신질환자에게 목숨을 잃었기에 아픔이 더욱 컸던 그의 죽음 이후, 유족은 정신질환자에 대한 원망 대신 큰 뜻을 전했습니다. 귀하고 소중했던 가족의 죽음이 헛되지 않도록 하는 것은 "의료진의 안전과 더불어 모든 사람이 정신적 고통을 겪을 때 사회적 낙인 없이 적절한 정신 치료와 지원을 받을 수 있는 환경이 조성되는" 것이라고 밝히면서요. 참으로 의연한 유족의 뜻을 새기면서 다시 한번 품어주는 힘의 위대함을 절감했습니다.

시에서 시인은 "품어야 산다"는 것을 여러 번 강조합니다. "품어야 산다"는 그 간명한 말을 독립적인 연으로 처리하면서 시인은 어머니가 아기를 품는 힘을, 강물의 물살이 물새의 발목을 주무르는 위안의 힘을, 느티나무 그늘이 고단한 할머니에게 드리우는 휴식의 힘을, 막다른 골목길이 외로운 외등을 품는 힘을 조곤조곤 말합니다. 시의 말미에 힘주어 강조하는 안기는 힘도 이 시를 더 빛나게 하는 통찰인데요. 시인은 막다른 골목길 그 자리에서만 외등이 빛나듯, 우유 배달하는 여자의 입김으로 동이 트듯, "품는 힘으로 / 안겨야 산다"고 강조합니다. 이는 사랑에 대해, 또 품음에 대해 우리가 생각해온 고정관념을 무너뜨립니다.

품는 것만이 전부가 아니라는 것. 우리는 품어야 살고

안겨야 삽니다. 우리의 관계는 대개 품는 힘과 안기는 힘이 어긋나 발생하는 불화와 고립으로 늘 편치 않습니다. 품는 힘도 없고 안기는 힘도 없이 독단적으로 살아가는 이도 있고, 품는 힘만 있고 안기는 힘이 없어서 혼자 지쳐 나가떨어지는 경우도 허다합니다. 안기는 힘만으로 상대의 희생과 사랑을 무한정 요구하기도 합니다. 우리 각자는 품어야 살고 품는 만큼 안겨야 삽니다. 아기가 엄마의 젖을 빨아야 젖이 아기에게 가닿습니다. 골목이 외등을 품고 있지만 외등이 있어 골목이 환합니다. 품는 것이 곧 안기는 것이고 안기는 것이 곧 품는 것입니다.

이러한 사랑의 신비한 결속력을 앞의 시는 슬그머니 툭 던지듯 부려놓습니다. 품는 힘으로 안기는 힘을, 안기는 힘으로 품는 힘을 서로 당길 때 일방적인 시혐이나 원망이 아닌 진정한 사랑이 열매 맺습니다. 그리고 품는 힘을 나의 아이, 내 가족으로만 한정하지 않고 다른 아이들, 다른 가족들, 이웃들로 확장할 때 우리는 지금 여기의 삶을 더 낫게 변화시킬 수 있습니다. 새로운 날들에도 많은 삶과 죽음, 슬픔과 아픔과 기쁨이 교차하겠지요. 죽음은 삶 속에서 완성되는 것. 품어야 살고 안겨야 사는 이 간절함에 대한 자각이 오늘 하루를 더 보람된 날로 만들어주길 바라봅니다.

© Michael Amery 〈Settlers 1〉 | 『나를 기쁘게 하는 색깔 마음사책

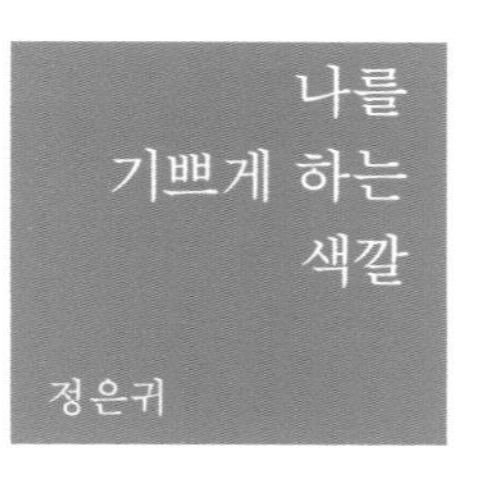

독자님은 시를 좋아하시나요? 저는 좋아하는 시인들의 책을 가까이 두고 고단할 때마다 펼쳐보곤 합니다. 문장 안에서 단어 하나까지 정확한 곳에 놓여 있는 시를 읽다 보면 제 삶도 정교해지는 느낌이 들곤 하거든요. 『나를 기쁘게 하는 색깔』은 영문학자 정은귀가 고른 시에 산문을 덧붙인 책입니다. 누구보다 시를 사랑하며, 읽고 가르치는 정은귀는 루이즈 글릭과 윌리엄 칼로스 윌리엄스, 앤 섹스턴 등의 시집을 번역하기도 했는데요. 두 언어를 오가며 아름다움을 전달한 번역가답게 책에 실린 시 목록도 특별합니다. 아직 국내에 번역되지 않은 현대 미국 시인들의 작품도 눈에 띄지요. 정은귀는 시를 통해 이웃에 대한 사랑을 발견하는 한편, 엄숙한 태도로 사회를 바라봅니다. 팬데믹의 시기, 정은귀가 견지해 온 영성의 모습을 보면 매일 기도하는 사람의 손을 닮고 싶어지기도 합니다.

우리를 구원하는 건 결국 아름다움을 사랑하는 마음이라는 생각이 듭니다. 『나를 기쁘게 하는 색깔』을 통해 오늘의 나를 지탱해줄 문장을 찾아보시면 어떨까요.

마음산책 드림

삶의 소소한 자리

수직과 수평

물

함민복

소낙비 쏟아진다

이렇게 엄청난 수직을 경험해보셨으니

몸 낮추어

수평으로 흐르실 수 있는 게지요

수평선에 태양을 걸 수도 있는 게지요

* 『말랑말랑한 힘』(문학세계사)

장마철인데 비가 내리지 않네요. 이른바 마른장마의 계절인 것이지요. 오늘은 바람이 제법 많이 불어서 햇살이 그다지 뜨겁게 느껴지지 않았습니다만, 장대비 한번 시원하게 내리면 좋겠다 싶은 나날을 지나고 있습니다. 낮에 모처럼 볼일이 있어서 신촌 거리를 지나다가 '물총 축제'의 현장을 지났는데요. 서로 물총을 쏘면서 활짝 웃는 젊음들 속에서 이 더위를 식혀줄 소낙비를 그려보았습니다. 비는 늘 수직으로 낙하하고 물은 늘 아래로 흐르고 젊음은 늘 많은 웃음을 품고 시는 늘 새로운 자각을 선사하지요. 한여름 거리에서 우연히 만난 비 아닌 비를 보다가 함민복 시인의 시, 「물」을 떠올렸습니다.

모든 비는 수직으로 떨어집니다. 비 가운데서도 소낙비는 무지막지한 수직의 힘을 자랑하지요. 시인은 "이렇게 엄청난 수직을 경험해보셨으니"라고 단 한 줄로 소낙비의 그 힘찬 낙하를 설명하고는 곧바로 수직에서 수평으로 시선을 이동합니다. "몸 낮추어 // 수평으로 흐르실 수 있는 게지요"란 말은 시 앞의 독자를 어떤 숙연함으로 이끌고 갑니다. 아마도 몸을 낮추는 일이 품은 어떤 사려 깊음 때문인 것 같습니다. 굳이 몸을 낮출 필요가 없지만 몸을 낮추는 일. 그래서 수평으로 흐르는 비의 움직임과 그 힘에 대해서 "흐르실 수 있는 게지요"라며 경어로 공손하게 예를 다하여 표현하는지도 모르겠습니다.

그 곡진한 시선 때문에 한껏 겸손하고 숙연해진 독자는 곧이어 "수평선에 태양을 걸 수도 있는 게지요"라는 어마어마한 가능성의 시선과 만납니다. 엄청난 수직이 몸 낮추어 수평으로 흐르면서 종국에는 그 수평선에 태양을 걸 수도 있게 되는 것. 이는 실로 대단한 개안開眼이 아닐 수 없습니다. 결국 수직으로 낙하하는 힘에서 출발하는 소낙비는 수평선에 태양을 걸 수도 있는 너른 수평의 가능성 속에서 자기 몫을 다하게 되는 것입니다. 시의 상상력이 얼마나 거침없고 돌발적이며 또 큰 폭의 전환이 될 수 있는지 실감하게 합니다.

몇 년 전, 칸영화제에서 황금종려상을 수상한 영화 〈기생충〉에서도 비가 등장합니다. 한국영화 최초로 황금종려상이라는 쾌거를 이룬 〈기생충〉은 우리 시대의 잔혹 동화라고 할 수 있는데, 제 기억에 가장 강렬하게 남는 장면은 영화에서 큰 전환이 되었던 장마철의 물이었습니다. 가족이 모두 백수인 기택의 식구가 살던 반지하방. 화장실에 쪼그리고 앉아 위층의 와이파이를 잡으며 피자 박스 접기로 생계를 이어가는 가족이지만 거기에선 가끔 단란한 가족의 웃음이 흐르기도 합니다.

기생충이 등장하지 않는 기생충 영화. 기택의 아들, 명문대 지망 4수생 기우가 박 사장네 딸 다혜의 과외를 맡게 되면서 온 가족이 사기꾼처럼 그 집 안에 틈입하여 기생하며 살게 되지만, 기택네 식구들의 손길 없이는 아무것도 하지 못하는 박 사장네의 입장을 생각해보면 누가 누구에게 기생하는지 알 수 없습니다. 상류층과 하류층, 부자와 빈자의 구분이 큰 의미가 없어지는 것이지요. 영화 중반부에 화면을 장악하는 거센 비는 거짓과 사기로 인한 가벼운 코미디 느낌으로 흐르던 영화 분위기를 한없이 무거운 블랙코미디로 바꾸는 계기가 됩니다. 계급 간의 격차를 둘러싼 갈등이나 정면 대결의 분투가 불가능해진 시대. 모든 것을 바꿀 수 있지만 가난이 몰고 오는 냄새는 어쩔 수 없다는 도저한 자각 앞에서 그 퀴퀴한 '냄새'에 본능적으로 손을 저어 도망감으로써 발생하는 어떤 비극. 다른 계급에 대한 공감이나 이해가 불가능해진 이 시대. 소나기 쏟아지는 그 밤, 수직 낙하의 물줄기가 몰고 오는 홍수는 어쩌면 우리가 살아가는 이 시대의 무자비함을 냉정하게 비추는 거울이 아닐까 싶습니다.

아래로 거침없이 흐르는 비를 따라 돌아온 집이 침수되고, 역류하는 하수에 모든 것이 잠기는 장면은 그러므로 우리 시대의 희망 없음을 압도적으로 보여주는 잔혹하면서도 사실적인 영화의 백미입니다. 영화 〈기생충〉이 누가 누구에게 기생하는지 알 수 없고, 언제 어떻게 평안한 일상이 무너질지 가늠할 수 없는 우리 시대의 풍경을 잔혹하게 그리고 있다면, 앞의 시는 쏟아지는 비의 수직 낙하가 수평으로 흐르는 풍경을 통해서 상식적으로 생각하기 어려운 사유의 전환을 보여주며 큰 가능성을 기적처럼 열어 보입니다. 소낙비의 수직 낙하는 그 자체로는 별것 없는 한 방울의 물일 수 있지만 그 힘이 모여서 수평으로 흐르게 되면 작은 물줄기가 큰 강물이 되고 큰 강물이 바다로 흐르면서 마침내는 너른 수평선에 태양을 걸 수도 있을 만큼 어마어마한 품이 됩니다.

"몸 낮추어 // 수평으로 흐르실 수 있는 게지요"라는 대목에 저는 오래 머물러 생각합니다. 수직으로 떨어지는 힘에 기대어 살면서 할 수 있는 일이 많지만 동시에 그 힘에 기대어 사느라 몸 낮추어 수평으로 흐르는 일을 우리가 그간 잊은 게 아니었나, 수평으로 흐르는 일에 대해서 "흐르실 수 있는 게지요"라는 겸손한 높임의 말은 그만큼 그 일이 쉽지 않은 경지의 일임을 일깨우는 말이 아닐까, 그 수평이 결국에는 태양을 아우르는 품으로 넓어지는 유쾌한 상상을 그동안 우리가 잊고 산 것은 아닐까 하는 생각을요.

그러고 보면 우리네 삶은 수직의 힘과 수평의 흐름을 적절히 균형감 있게 짜면서 만들어나가야 하는 먼 길이 아닐까 싶습니다. 수직의 힘은 우리가 목말라 하는 어떤 정의에, 수평의 흐름은 너른 평화에 비견될 수 있을 것 같고, 그 수직과 수평을 잘 직조하는 힘은 사랑이 아닐까 싶습니다. 정의 없는 평화는 자칫 권세 있는 자들의 자족적인 농간에 그치기 쉽습니다. 평화를 생각하지 않는 정의가 종국에 휘두르게 될 칼날도 무섭긴 매한가지입니다. 하여 정의와 평화를 잘 아우르는 큰 사랑의 의미를 고민하게 됩니다.

수직으로 낙하하는 소낙비가 낮은 곳으로 흐르고 흘러 결국 태양을 거는 수평선이 되는 것. 그 너른 사랑에 이르기까지 한계가 많은 인간으로서 어떤 지혜를 궁구해야 할지, 매일의 고투와 눈물과 인내가 필요하겠지요. 한 방울의 물이 너른 바다가 되는 합일의 과정이 쉬울 리 없습니다. 온갖 이물질이 섞이기도 하고 무자비하게 내동댕이쳐지기도 하고 자신의 존재다움을 잃기도 할 것입니다. 하지만 결국 이 모든 변화가 수직과 수평의 힘이 교직하는 수평선에 이르고 그 너른 수평선에 마침내 태양을 걸게 된다면, 작은 물방울들이 수직으로 낙하하고 수평으로 흐르며 아프게 부딪치는 모든 과정을 두고 '기적'이라 할 수 있지 않을까요.

개인의 삶뿐만 아니라 역사 또한 마찬가지입니다. 오늘의 몸부림이, 인내가, 고민이, 어떤 기적을 낳게 될는지 그 끝을 우리는 미리 알지는 못합니다. 하지만 수직 낙하하는 작은 물방울이 큰 수평선에 이를 수 있는 것처럼 그 믿음에 기대어 우리 각자가 수직의 힘과 수평의 흐름을 잘 견지하여 나아간다면, 불가능하게 여겨졌던 좋은 풍경이 눈앞에 기적처럼 펼쳐질 날이 있지 않을까요. 장맛비를 기다리며 정의와 평화가 큰 사랑 안에서 조화롭게 짜이는 그런 풍경을 그리는 여름밤입니다. 그나저나 올여름 장마에는 모두 무사하길 빕니다.

앉은뱅이 나무 한 그루

한 골짜기에서

김종삼

한 골짜기에서
앉은뱅이 한 그루의 나무를
보았다
잎새들은 풍성하였고
색채 또한 찬연하였다
인간의 생명은 잠깐이라지만

어부

바닷가에 매어둔
작은 고깃배
날마다 출렁거린다
풍랑에 뒤집힐 때도 있다
화사한 날을 기다리고 있다
머얼리 노를 저어 나가서
헤밍웨이의 바다와 노인이 되어서
중얼거리려고

살아온 기적이 살아갈 기적이 된다고
사노라면
많은 기쁨이 있다고

* 권명옥 엮음, 『김종삼 전집』(나남)

저는 일기를 꼬박꼬박 쓰는 편입니다. 그날그날 일어난 일과 기억에 남는 독서의 기록들이 작은 필체로 일기장에 빼곡하게 적혀 있습니다. 해마다 하나씩 더해가는 그 수첩들은 보물 1호인데 가끔 시간이 나면 지난해 오늘 어떤 일이 있었나, 2년 전 오늘은 또 어떤 일이 있었나 들여다봅니다. 그게 또 쏠쏠한 재미가 있지요. 앞의 시 두 편은 지난해 오늘 제가 읽고 수첩에 기록해둔 시입니다.

이 아름다운 시를 쓴 김종삼 시인은 쉽고 간결한 우리말로 시를 써 돌아가신 지 한참 되었는데도 많은 독자들의 사랑을 받고 있는 분이지요. 황해도 은율 출신으로 평양에서 소년기를 보내고 숭실중학교를 중퇴, 일본으로 건너가 문학을 공부하다 귀국했는데 아버지가 평양 유지이자 지식인이었고 할아버지 대부터 독실한 기독교 집안이었다고 합니다. 막상 시인 자신은 무신론자를 자처했다고 하나, 시에 기독교 사상이 짙게 깔려 있고, 전쟁 난민의 고통은 십자가 수난의 고통에 빗대어 절망 속의 희망으로 드러나곤 합니다.

폐허가 된 땅에서 분단 현실의 슬픔과 실향의 아픔을 맑고 순한 우리말로 순화시켜 평화와 인정, 사랑과 희망을 노래한 시인은 방송국에 근무하면서 술과 음악, 시의 힘으로 살았다지요. 1984년 간경변으로 세상을 떠나게 되는데 천주교 신자인 부인의 권유로 대세◆를 받아 결국은 천주교인이 되어 하늘나라에 들었습니다. 천상병 시인과도 각별한 사이였는데, 천상병 시인은 김종삼에 대해 '말없는 침묵의 사나이'라 했다 하니 시인의 간결하고 순한 시어들은 그 깊은 침묵에서 길어 올려지고 다듬어진 것 같습니다.

시 「한 골짜기에서」는 골짜기의 나무 한 그루에 대한 짧은 묵상입니다. 한 골짜기의 한 그루 나무. 그 나무는 앉은뱅이 나무입니다. 우람한 나무가 아니라 작은 나무입니다. 하지만 골짜기의 그 앉은뱅이 나무는 잎이 풍성하고 색채가 찬연하다고 하네요. 마지막에 "인간의 생명은 잠깐이라지만"이라는 한 행을 넣지 않았으면 이 시는 그냥 골짜기의 나무 한 그루에 대한 평범한 묘사에 그치고 말았을 것입니다. 하지만 "인간의 생명은 잠깐이라지만"이란 구절로 인하여 나무에 대한 생각을 달리 하게 만듭니다.

먼저 이 시는 인간 생명에 비해 풍성한 잎과 찬연한 색채로 오래 빛나는 나무 이야기로 읽을 수 있습니다. 다른 한편 우리 삶을 골짜기의 작은 나무 한 그루로 치환하여 읽을 여지도 줍니다. 시를 읽으며 104세라는 긴 생을 기도 안에

◆ 가톨릭에서 사제를 대신하여 예식을 생략하고 세례를 주는 일.

서 살다 가신 어떤 키 작은 어머니를 떠올린 것도 그 이유입니다. 작으나 누구보다 컸던 사람. 입버릇처럼 4월에 하늘나라에 들고 싶다 하셨는데 마침 겨울에서 봄으로 가는 그 길목, 부활을 기다리는 가장 축복된 날, 성금요일에 주무시다가 하느님 곁으로 가신 어떤 한 생.

그분은 위로 딸 다섯에 막내아들 하나를 두셨는데, 갓난쟁이였던 막내가 열이 올라 생명이 위험한 상황이 되자 그 아이를 살려달라고 기도하시면서 살아나면 하느님께 온전히 바치겠다고 청하셨다 합니다. 기적적으로 아이가 살아나고, 가난하고 힘든 시골 살림을 독실한 신앙에 기대어 꾸리면서 결국 그 아들을 사제로 키워내셨습니다. 멀리 떠나서 사제직을 수행하는 아들을 위해 밤낮으로 기도를 드리며 하느님께 간구하신 그 어머니는 오직 기도 안에서 하느님께 온전히 의탁하는 말년을 보내셨지요. 마지막 하늘나라에 드는 길에는 곡기를 끊고 며칠을 보내다가 성금요일에 하느님 곁으로 가셨는데, 그 한 생이 한 골짜기의 앉은뱅이나무 한 그루 같다 싶습니다. 작고 흔한 나무 한 그루의 풍성한 잎새와 찬연한 색채는 온전히 기도 안에서 하느님께로 향했던 그 길에서 피어난 빛처럼 느껴집니다.

이분의 기도가 이 세상의 많은 어머니와 다른 특별한 기도는 아닐 겁니다. 화려한 명성이나 대단한 권위, 큰 이름, 뛰어난 학식 없이 그저 평범하게 살다 간 한 생이지만 하느님께 온 뜻을 의탁하는 마음, 자랑도 교만도 않고 그저 하느님 뜻을 따르겠다며 낮게 엎드리는 마음으로 한 생을 사셨지요. 자녀들이 온전히 당신 뜻 안에서 바른 길을 가게 해주십사 비는 마음, 그 어머니의 기도는 매일 출렁이는 풍랑 속 작은 배처럼 살아가는 우리에게 다시 또 평정한 마음으로 내일을 꿈꾸게 하는 힘을 줍니다. 두 번째로 소개한 시, 김종삼 시인의 또 다른 유명한 시 「어부」는 작은 한 그루 나무 같은 생이 하루하루를 사는 이야기입니다. 독자님들이 많이 알고 계실 영문학자 장영희 선생님의 책 제목 "살아온 기적 살아갈 기적"이 바로 이 시 구절에서 나온 것이지요.

바다 위에서 매일 뒤집힐 듯 출렁이는 작은 배처럼 일상을 살아가는 우리. 화사한 날을 기다리면서 멀리 노를 저어 나가며 만선을 꿈꾸기도 하지만 실은 작은 유혹, 작은 비난, 작은 실수에 넘어져서 일어서지 못하고 우는 작고 약한 존재입니다. 시에 소개된 헤밍웨이의 작품 『노인과 바다』는 바다에 나가 84일 동안 아무것도 잡지 못한 노인의 이야기입니다. 85일째 되는 날부터 3일 동안 엄청나게 큰 청새치와 사투를 벌인 끝에 그 고기를 잡게 되지만, 돌아오는 길에 상어를 만나 고기를 다 먹히고 마는 이야기. 그 결말을 아는 독자라면 이 시에 적힌 헤밍웨이의 노인과 바다 이야기가 실은 허망하기 그지없는 우리네 삶의 이야기가 아닐까 짐작하게 되겠지요.

하지만 시인은 이에 그치지 않고 “살아온 기적과 살아갈 기적”을 말합니다. “사노라면 많은 기쁨이 있다고”라는 말 속에는 사노라면 많은 슬픔과 고난과 아픔이 있지만, 결국 지금까지 우리 삶을 이끌어온 기적이 앞으로 살아갈 기적이 되고 그 과정에서 많은 기쁨을 만나게 된다는 견결하고 곧은 삶의 지혜가 깃들어 있습니다. 한 어머니의 한 생, 그 긴 생의 마디마디에는 얼마나 많은 고비가 있었을까요. 얼마나 많은 절망과 얼마나 많은 속절없음, 얼마나 많은 눈물이 있었을까요. 하지만 또 얼마나 많은 기도가, 그 기도가 일으켜 세운 날들이 있어서, 그 시간이 하나의 마침표로 완성된 것일까요.

가난한 시골의 한 아이가 소녀가 되고 자라 여섯 아이의 어머니가 되어 가난으로 점철된 우리 현대사를 통과해오면서 자식들의 노력과 실패와 좌절과 성취를 지켜보며 오롯이 기도 안에서 청하고 또 청했을 소박한 소망들을 짐작해봅니다. 이 글을 쓰는 지금도 우리 주변에는 굶주리고 매 맞는 아이들이 있고 자기 몸을 던지는 어린 학생들이 있고 우리의 일상을 옥죄는 마음의 사슬과 폭력의 고리들이 여전합니다. 하지만 이 땅의 모든 어머니들의 기도, 산 자의 기도와 죽은 자의 기도가 함께 이어져 우리를 살게 하는 기적도 매일 계속됩니다. 앉은뱅이 나무 한 그루의 찬연한 색채, 풍성한 잎들이 만드는 그 그늘과 그 빛 속에서 우리는 온전합니다. 상처를 회복하고 까르르 웃기도 합니다. 좋은 계절이 올 것입니다.

피어나는 꽃이 이별이라면

이별의 꽃

라이너 마리아 릴케

이 세상 어디선가 이별의 꽃이 피어나

끝없이 꽃가루를 뿌리고 우리는 그 꽃가루를 호흡하네.

가장 가까이 부는 바람결에서도 이별을 호흡하는 우리.

⁑ *Uncollected Poems: Bilingual Edition*, North Point Press

릴케의 이 시는 우연히 제게로 왔습니다. 몇 해 전, 어머니를 여읜 은사님께 메일을 드렸더니, 은사님께서 이 시를 보내주셨어요. 위로를 해드리려고 하다가 오히려 제가 위로를 받은 셈이었어요. 그 뒤로 누군가를 떠나보내야 하는 작별의 예식을 앞둔 분들께, 친구에게, 동료에게, 이 시를 적어서 제 위로의 마음을 보내드리곤 합니다. 형식적으로 조의를 표하는 것이 아니라 마음으로 이별의 의식을 함께 하고 싶어서인데, 그러한 때 릴케의 이 시는 피어나는 꽃이 이별이라는 말로 슬픔 속에 단단한 힘을 실어줍니다.

몇 해 전 겨울, 갑작스럽게 작은아버지를 떠나보낼 때도 이 시를 생각했습니다. 지병이 있으셨고 연로하셨지만 혼자 출입을 하실 정도로 정정하셨던 작은아버지는 친구를 만나러 나가셨다 쓰러지셨습니다. 작별인사를 하지 못한 갑작스런 이별은 참 허망했습니다. 하지만 다시 생각하니 집안 식구들을 일일이 챙기는 애틋함이 크셨던 작은아버지께서 살면서 나누어주신 다감한 말씀 하나하나가 다 꽃의 향기였고 아름다운 작별인사였다 싶습니다. 큰 이별 후에 다시 시작하는 일상에서 생과 멸은 함께입니다.

말라 죽은 그루터기에서 새순이 돋아나듯, 피어나는 꽃에서도 이별의 꽃가루가 뿌려지는 이 알 수 없는 존재의 신비를 차분히 들여다봅니다. 보라고 합니다. 삶과 죽음, 시작과 끝. 얻음과 잃음, 만남과 헤어짐, 기쁨과 슬픔이 함께 어리는 이 신비를 제대로 응시할 때 우리 각자의 자리에서 다시 맞는 새로운 시작을 잘해나갈 수 있지 않을까, 그렇게 이 시는 말을 건넵니다.

릴케Rainer Maria Rilke, 1875~1926는 20세기 독일어권 최고의 시인으로 불리지요. 1875년 오스트리아 제국의 지배 아래 있던 체코 프라하에서 태어난 릴케는 손위로 누이가 한 명 있었는데 어릴 때 병으로 죽었다 해요. 어머니가 죽은 딸을 잊지 못한 나머지 그 동생인 릴케에게 일곱 살 때까지 여자아이 옷을 입혔다 하네요. 부모님의 이혼, 딸처럼 키워지다 육군유년학교에 입학하는 등 불안정하고 참담한 어린 시절을 보낸 릴케는 무척 병약했다 합니다. 사진을 봐도 검은 피부에 호리호리한 릴케는 그다지 씩씩해 보이지는 않습니다. 프라하대학에서 문학, 철학, 법학 등을 공부하던 릴케는 뮌헨대학에서 예술사와 미학을 공부하기도 했지요.

22세 되던 해 뮌헨에서 릴케는 당시 36세였던 루 살로메와 만나게 되는데요. 살로메는 이미 남편이 있는 몸이었는데, 결혼한 여성과 무명시인으로서 두 사람은 법적인 제약에도 불구하고 금세 연인이 되었다고 합니다. 두 사람이 결혼에 이르지는 못했지만 릴케는 루 살로메를 '나의 누이여, 나의 신부여'라고 부르며 평생을 의지했다고 하네요. 릴케의 원래 이름 '르네'를 '라이너'로 바꾸자고 제안한 사람도 루 살로메였다 해요. 아름다운 시만큼이나 많은 이야기를 남기고 간 릴케. 겉으로 드러나는 아름다움 너머를 보는 시인의 눈은 피어나는 꽃이 지는 운명임을 압니다. 가까이 불어오는 바람결은 향기로운 꽃 내음을 전하지만, 그 꽃 내음은 곧 우리에게 작별의 아픔을 일러줍니다.

시인의 예지를 따라가지 못하는 평범한 우리네 삶에서는 생과 멸, 성공과 실패는 서로 멀리 있는 것으로 생각하곤 합니다. 탄생의 순간에 멸滅을 아는 일은 쉽지 않습니다. 성공하는 길에서 실패를 예감하기도 어렵고요. 탄탄대로를 달리면서 굽이굽이 좁은 오솔길을 상상하는 것도 쉽지 않습니다. 언제 죽을 운명인지도 모르면서 마치 영원을 사는 듯 착각에 빠지는 인간의 어리석음을 이 시는 조용히 다시 돌아보게 합니다.

물론 이렇게 말할 수도 있을 것 같아요. 작별을 염두에 두는 만남은 그다지 유쾌하지 않고 죽음을 미리 생각하는 삶이 마음껏 신나지는 않다고. 상실을 염두에 둔 성취가 뭐 그리 좋을까? 하고. 하지만 다시 생각하면 죽음을 알기에 우리는 하루하루 오늘이 소중함을 알고, 상실을 예감하는 만남은 그 자체로 애틋합니다. 어느 순간 작별이라는 준

엄한 현실이 우리 앞에 오면 우리는 평생토록 용서하지 못했던 상대의 과오를 눈 녹듯 스르르 용서하기도 합니다.

그러므로 오늘, 지금 여기에서, 새로운 꿈을 꾸고 새로운 희망을 품고 새로운 기쁨을 소망하는 기다림의 이 시기에 희망의 자리에 절망을, 존재의 자리에 부재를, 기대의 자리에 무위를, 기쁨의 자리에 슬픔을 잇대어 함께 호흡해봅니다. 지나고 보면 가장 혹독한 겨울의 기다림이 가장 큰 은총의 시기였다는 걸 알게 되는 때가 있지요. 가장 큰 원망의 대상이 실은 가장 큰 사랑의 대상이었음을, 가장 아픈 손가락이 나를 가장 단련시키는 사람임을 알게 되는 것처럼 탄생과 멸, 희망과 절망, 기쁨과 슬픔, 시작과 마침이라는 이 모든 반대 항이 실은 하나의 진리, 큰 사랑 안에 함께 거하는 존재의 신비라는 것을, 이 아침, 새로운 시작 앞에서 생각합니다.

피어나는 꽃이 이별이라면 우리는 그 이별의 꽃을 마다해야 할까요? 피어나는 꽃이 아픔이라면 우리는 그 꽃을 외면해야 할까요? 피어나는 꽃이 슬픈 이별이라면, 피어나는 꽃이 이별이라 하더라도, 피어나는 꽃이 이별일지라도, 그리고 그 이별이 설령 예상하지 못하고 갑작스러운, 청천벽력의 형벌 같은 아픔일지라도, 꽃이 피는 신비, 피어나는 꽃의 향기를 우리가 함께 호흡하고 있다는 그 사실이 우리에게 위안을 줍니다. 언제 떠날지 모르지만 떠나는 꽃 그림자 속에 남는 향기가 다른 어떤 것 아닌 온유와 사랑이라면 좋겠습니다.

어려운 질문

일상에서의 은혜 체험 중에서

카를 라너

우리는 자기를 변명하고 싶은데도, 부당한 취급을 받았는데도, 침묵을 지킨 적이 있는가. 우리는 아무런 보상도 못 받고 남들은 오히려 나의 침묵을 당연한 것으로 여겼는데도 남을 용서해준 적이 있는가. 우리는 순명치 않으면 불쾌한 일을 당할까 봐 두려워서가 아니라, 우리가 하느님과 그 뜻이라고 부르는 저 신비롭고 소리 없고 헤아릴 수 없는 분 때문에 순명한 적이 있는가. 우리는 아무런 감사도 인정도 받지 못하면서, 내적인 만족마저 못 느끼면서도 희생을 한 적이 있는가. 우리는 전적으로 고독해본 적이 있는가. 우리는 순전히 양심의 내적인 명령에 따라, 아무에게도 말 못 할, 아무에게도 이해 못 시킬 결단을, 완전히 혼자서, 아무도 나를 대신해 줄 수 없음을 알면서, 자신이 영영 책임져야 할 결단인 줄 알면서 내린 적이 있는가.

* 장익 옮김, 『일상』(분도출판사)

가끔 신앙이 없거나 무신론자인 친구와 이야기를 하다 보면 "넌 영적 체험을 한 적이 있어?"라는 질문을 받을 때가 있습니다. 그럴 때 말문이 막히곤 합니다. 영적 체험이라고 하면 곧바로 하느님의 음성이 내게로 떨어져서 내 입으로 나온다거나 하느님이 내 앞에 어떤 모습으로 나타나 아무도 못 보는 미래에 대한 현시를 해주는 그런 기대를 떠올리기 쉽습니다. 저도 그런 질문에 대한 답은 없어서 글쎄……라고 얼버무리며 넘어가곤 합니다.

독일 출신의 예수회 신부 카를 라너Karl Rahner, 1904~1984는 '일상' 속에서 하느님의 신비를 찾는 일의 중요성에 대해 자주 설파하신 분입니다. 20세기 가장 위대한 신학자로 불리는 분이라 이 지면을 빌려 이분을 소개하기엔 충분치 않을지 모릅니다. 다만 이 글이 제게 다가온 어떤 날의 기억을 더듬는 것으로 하느님을 만나는 영적 체험에 대해 카를 라너가 말하는 깊은 뜻을 더듬어볼까 합니다. 그날 저는 어떤 골치 아픈 서류를 뒤적이고 있었습니다. 제가 좋아하는 시를 읽고 공부만 하면서 살기에도 부족한 시간에 성정에 어울리지 않는 행정적인 서류를 읽으면서 일을 판단하는 게 너무 피로하여, "왜 나한테 하나도 이득이 되지도 않는 일을 이렇게 미련하게 하고 있지?"라는 생각을 오랫동안 해오던 중이었지요.

보람 없고 힘만 든다고 느끼던 그 고된 나날 중 만난 이 글은 제 고민이 미련하다는 것을 깨우치게 했는데, 그 깨우침조차 하루아침에 온 것은 아니었습니다. 누구나 다 알고 인정하는 보람된 일을 하는 것은 어렵지 않습니다. 함께 일하는 사람들의 마음이 잘 맞아 다같이 '으쌰으쌰' 힘을 낼 때는 아무리 버겁고 궂은 일을 하고 있어도 하나도 힘들지 않습니다. 우리가 살면서 겪는 마음의 고뇌는 여럿이 함께 착한 마음과 열정을 모아 나아갈 때는 생기지 않습니다. 그 일이 어떤 열매를 맺어 누구에게 공과가 돌아가는가 셈을 할 때, 우리는 분열과 기만과 동료의 배신을 경험합니다. 성심껏 일해도 아무도 알아주지 않을 때, 힘겨운 결단의 순간을 혼자 맞이해야 할 때, 기껏 나를 희생하면서 열심히 해온 일이 부당한 오해를 받아 무위로 돌아갈 때, 우리는 격심한 마음의 고통에 직면합니다.

바로 그때 카를 라너는 질문합니다. 앞서 읽은 라너의 질문을 살짝 바꾸어 되풀이해봅니다. 부당한 취급을 당해도 상대를 욕하지 않고 참아 넘길 수 있는지, 어떤 대가 없이 희생하고 용서할 수 있는지, 감사 없이 희생할 수 있는지, 어떤 힘이나 권위에 대한 복종이나 순명이 아니라 보이지 않는 하느님을 느끼며 순명의 길을 찾을 수 있는지, 죽을 것만큼 괴롭고 마음이 칼에 베이는 순간에도 원망 대신 사랑을 껴안을 수 있는지, 모든 것이 의미 없어 보이는 순간에도 포기하지 않고 묵묵히 나아갈 수 있는지…….

이 모든 질문은 참으로 어렵습니다. 어떤 원망과 억울 앞에서 대개 우리는 참지 말고 복수하라고 하고, 그렇게 의미 없는 일 그만하라고 하고, 누가 너의 희생을 알아줄 것 같으냐, 이 바보야, 네 생각이나 해, 이기적으로 살아, 라고 합니다. 네, 그 답도 맞습니다. 맞고말고요. 너무 힘들면 그냥 내려놓는 것도 좋습니다. 내가 없으면 없는 세상, 자신을 소중히 여기면서 나에게 가장 소중한 것을 찾아가는 것은 언제 어디서나 답입니다. 중요합니다.

하지만 카를 라너는 이 어려운 질문을 통해서 세상의 밀알이 된 수많은 사람들의 값진 희생과 인내, 사랑의 방식을 호출합니다. 아무도 알아주지 않지만 지독한 내적 갈등과 유혹을 이겨내면서 하느님의 뜻을 따른 이들, 나 자신의 이기보다 더 큰 무언가를 위해 나를 기꺼이 내놓은 이들, 깊은 허무의 심연을 딛고 자신의 한계를 뛰어넘어 더 참고 내 손을 내밀고 내 뺨을 내민 이들의 고뇌는 상상하기 어렵습니다. 쉽지 않은 질문, 여전히 저는, 이 질문들 앞에서 망설입니다. 그렇게까지 참아야 하나요? 그렇게까지 저를 내어줘야 하나요?

그래서 이 고뇌를 딛고 내딛는 한 걸음이 값집니다. 이걸 카를 라너는 일상에서 우리가 할 수 있는 영적 체험이라고 일렀습니다. 마음의 갈등, 오해, 원망은 완전히 낯선 이들 사이에서 발생하지 않습니다. 가족 안에서, 직장의 조직 안에서, 친구 사이에서, 잘 알고 익숙한 관계, 마음을 기대고 정을 나누던 사람들 사이에서 우리는 가장 극복하기 어려운 곤경을 만나고 깊은 상처를 입곤 합니다. 저마다 자신의 상처가 가장 큰 상처라고 생각하며 자기 상처 안으로 도망갑니다.

카를 라너는 바로 그러한 우리의 내면을 정확히 들여다보면서 이 어려운 질문을 통해 우리가 살아가는 일상에서 하느님을 만나는 법을 묻고 또 들려줍니다. "보아라, 하느님의 나라는 너희 가운데에 있다.◆" 그에 따르면 영적 체험은 멀리 있는 하느님 나라에 드는 문제가 아닙니다. 하느님 나라는 멀리 있지 않고 우리가 일상에서 부대끼는 그 고민과 갈등 속에 있음을 알려줍니다. 죽어가는 열정을 새롭게 지피는 일, 무감하게 무뎌지는 첫 마음을 새로 다지는 일도 영적 체험에 해당하겠지요.

사순◆◆ 시기가 시작되는 '재의 수요일'을 앞두고 이 글

◆ 루카 17:21

◆◆ 부활 주일 전 40일 동안의 기간.

을 쓰고 있습니다. 예수님이 공생활◆을 시작하기 전 광야에서 40일간 단식하며 기도하실 때 그는 무엇을 생각했을까요? 어떤 힘을 달라고 하느님께 청했을까요? 믿기지 않는 어떤 신비한 기적보다도 아마 사람들 사이에서 하루치의 인내를 달라고 기도하지 않았을까요? 예비된 치욕과 고난을 피하고 싶지만 피할 수 없을 때, 억울한 매를 맞아야 할 때, 그 시간을 사람에 대한 원망 대신 하느님의 큰 뜻을 껴안으며 견딜 수 있는 힘을 달라고 기도하지 않았을까요?

누구도 고마워하지 않는 허드렛일을 하면서 주변의 냉담으로 인해 내 안의 신명도 꺼지는 경험을 우리는 매일 합니다. 나 자신이 바보처럼 느껴지지만 그 일을 끝까지 해내야 할 때, 그 일을 완수한 이후의 느낌, 그것이 바로 우리가 경험할 수 있는 영적 체험일 것입니다. 많은 일들을 '봉사'와 '희생'이라는 이름으로 하면서 우리는 혹 사심 없는 기도가 아닌 내 욕심, 내 얼굴을 자부심으로 앞세우지 않았는지 묻고 또 물어봅니다.

◆ 예수께서 가정을 떠나 공적으로 복음 선포를 시작한 이후의 일상을 말한다.

기도는 언제나 옳은가요?

아일랜드 켈트족의 기도문 중에서

당신 손에 언제나 할 일이 있기를.

당신 지갑에 언제나 한두 개의 동전이 남아 있기를.

당신 발 앞에 언제나 길이 나타나기를.

바람은 언제나 당신의 등 뒤에서 불기를.

당신의 얼굴에는 해가 비치기를.

이따금 당신의 길에 비가 내리더라도

곧 무지개가 뜨기를.

불행에서는 가난하고

축복에서는 부자가 되고

적을 만드는 데는 느리고

친구를 만드는 데는 빠르기를.

이웃은 당신을 존중하고

불행은 당신을 아는 체도 하지 않기를.

당신이 죽은 것을 악마가 알기 30분 전에 이미

당신이 천국에 가 있기를.

앞으로 겪을 가장 슬픈 날이

지금까지 겪은 가장 행복한 날보다 더 나은 날이기를.

그리고 신이 늘 당신 곁에 있기를.

* Jean Legrand & Liam O'Brien, *Irish Blessings: Over 100 Irish Blessings in 8 Categories*, FastForward Publishing

최근 받은 선물 중에 카를 라너 신부의 책『기도의 절실함과 그 축복에 대하여』는 두고두고 고마운 선물입니다. 이 책을 침대 머리맡에 두고 잠자기 전에, 그리고 일찍 눈을 뜨는 새벽에 아껴가며 읽고 있습니다. 책을 아껴가며 읽는다는 건, 책이 너무 좋아서 다 읽고 나면 서운할까 봐 천천히 읽는다는 뜻과 책의 내용이 심오해서 행간의 의미를 잘 헤아리기 위해 찬찬히 읽는다는 뜻 두 가지를 다 담고 있지요. 이 책은 20세기가 낳은 위대한 가톨릭 신학자 카를 라너 신부가 1946년 독일 뮌헨 성미카엘 성당에서 한 사순절 강론을 글로 엮은 것인데요. 평소에 기도를 많이 한다고 생각하지만 막상 기도가 무엇인지 잘 모른다는 생각이 들어서 기도를 처음 배우는 마음으로 읽는 중입니다.

카를 라너는 기도를 인간 실존의 기본적인 행위라고 했습니다. 밥을 먹거나 잠을 자는 일도 인간 실존의 기본적인 행위일 텐데요. 기도와 밥 먹는 일, 잠자는 일의 공통점과 차이점은 무엇일까요? 공통점은 무엇보다 가장 익숙하게 반복하는 행위라는 것이겠지요. 그렇다면 차이점은 무엇일까요? 무엇보다 기도는 마음의 작용, 마음의 행위라는 점인데요. 카를 라너는 "가장 자명하고 가장 단순한 마음의 행위야말로 가장 어려운 것들이며, 그래서 인간은 그런 것들을 오직 천천히 배울 수 있다"고 합니다. 그런 가장 단순하고 가장 어려운 마음의 행위에 속하는 것으로 자비, 무욕, 사랑, 침묵, 이해, 참 기쁨, 그리고 기도가 있다고 하네요.

이 책에서 인상적인 부분은 기도하는 마음의 자세에 관한 것입니다. 대개 우리는 절박한 순간에 뭔가를 청할 때 기도에 매달리게 되지요. 그래서 갈급한 마음이 앞선 나머지 기도하는 우리 자신의 마음에 대해서는 묻지 않을 때가 많습니다. 기도하는 자세에 대해 카를 라너는 잘 견디는 일과 자신을 내맡기는 일이 필요하다고 합니다. 무엇보다 그분이 우리와 함께 계시다는 것을 아는 것도 중요하구요. 이게 잘되면 우리는 기도를 통해 더 이상 도망치지 않는 고요와 더는 두려워하지 않는 신뢰를 얻을 수 있다고 합니다.

평소에 기도를 어떤 절망 속에서 꺼내어달라는 조급한 외침, 혹은 간절히 원하는 것을 되풀이 반복하는 요청의 형식으로만 해온 것이 아닌가, 책을 읽으며 저의 기도법에 대해 다시 돌아보게 되었습니다. 기도는 그렇듯 하느님 앞에서 있는 우리 자신을 돌아보게 하면서 우리 안으로 하느님을 청해 들이는 일인데, 대개 우리는 불안과 갈망을 기도에 투사하면서 기도하는 우리 스스로의 자세는 돌아보지 않는 것 같아요. 그래서 기도할 힘과 용기를 달라고 청하면서 우리 안에 하느님의 영이 자리할 공간을 만드는 것이 중요하겠습니다.

기도에 관해 생각하다 보니 언젠가 본 다큐 3부작, 〈세상 끝의 집: 카르투시오 봉쇄수도원〉이 생각납니다. 외부 세계와 철저히 단절된 채 매일의 모든 시간을 기도와 노동, 그리고 하느님의 신비를 헤아리는 데 집중하는 수도사들의 모습은 평범한 삶을 사는 우리에게는 선뜻 이해되지 않는 부분이 있지요. 인터넷, 전화, 신문, 방송은 물론이고 수도사들 간의 사적인 대화도 금지되어 있는 봉쇄수도원은 세상의 끝에 자리하지만 실은 그 침묵의 기도야말로 세상을 향해 가장 넓고 깊게 열린 문이란 것을, 그 막막한 닫힌 공간이 실은 가장 열려 있는 공간으로 자리할 수 있는 것 또한 기도의 힘 때문이란 것을 알게 한 귀한 프로그램이었습니다.

여기 아일랜드 켈트족의 기도문이 있습니다. 켈트족은 고대 켈트어를 쓰는 사람들로, 기원전 7세기 무렵까지는 프랑스, 독일, 스위스 등의 지역에 퍼져 있었는데 현재까지 순수한 켈트족이 남아 있는 국가는 아일랜드와 스코틀랜드 정도라고 합니다. 자연과 일상에서 하느님을 경험하는 독특한 믿음 체계를 켈트 영성이라고 하는데요. 영문학을 공부한 저로서는 그 유명한 아서왕의 전설이 켈트족의 이야기로 기억이 납니다. 아일랜드는 수백 년간 영국의 지배를 당하여 영어를 모어로 쓰기에 켈트족 언어나 문화의 뿌리 또한 크게 남아 있지 않습니다. 하지만 지금도 에든버러나 더블린의 술집에서는 아일랜드와 스코틀랜드 사람들끼리 '우리가 진짜 켈트 문화, 켈트 민족의 종주국이야. 너희가 지질하게 영국 지배를 당했지'라며 서로 놀리고 자랑하며 술잔을 부딪치는 일이 있다고 하네요.

이 기도문은 모 방송국의 뉴스 프로그램의 마무리 부분에 기도문 일부가 인용되면서 사람들에게 많이 각인되고 알려졌습니다. 제가 이 기도문에서 주목하는 것은 오롯이 타자를 향해 마음의 문을 열고 도움을 주시는 영에게 의탁하는 기도의 자세가 카를 라너의 책을 읽으며 새롭게 배우는 기도의 방식과 은근히 닮아 있어서입니다. 카를 라너는 기도라는 마음의 행위를 할 때 행동을 제대로 하려고 신경을 지나치게 쓰게 되면 그 기도는 거의 필연적으로 실패하기 마련이라고 이야기를 하는데요. 켈트족의 오랜 기도문에서 타인을 향해 내어주는 기도의 자리는 어떤 특별하고 예외적인 시간이 아니라 가장 흔하고 소소한 일상의 시간임을 일깨워줍니다. 특별한 성공이나 청원, 간청이 아니라 사람살이의 가장 평범한 국면들이 이 기도 안에 들어 있습니다. 기도는 근본적으로 다른 사람을 위해 자신을 잊는 일임을, 절대자이신 하느님께 모든 것을 내어 맡기고 의탁하면서 고요한 신비에 굴복하는 일임을, 그런 곳 어디에서나 그리스도의 영이 있음을 일깨워줍니다. 이게 바로 일상에서 우리가 하는 기도라는 마음의 행위라는 것을요.

'기도는 언제나 옳은가요?'라는 질문으로 이 글을 시작하면서 저는 지금까지 제가 한 많은 기도들을 떠올려보았습니다. 많은 경우 저의 기도는 습관적이고 무의식적으로 반복되면서 마음에서 나오는 것이 아니라 입술에서만 나오기도 했고요. 조급한 마음이 앞서서 차분한 기다림이 아닌 원망과 분노의 한탄일 때도 많았고요. 다른 한편, 이 누추한 세상에서 무언가를 더 바란다는 청원의 행위 자체가 욕심이 아닌가, 죄스럽다 여겨져 마음껏 청하지 못한 적도 많았던 것 같아요.

하지만 우리 살아가는 날의 초라하고 허무한 시간들, 평범하고 수고로운 시간들, 보람보다는 피로가 더 큰 날들 속에서 "당신 손에 언제나 할 일이 있기를" 빌어주는 이 기도는 얼마나 고맙고 값진 마음의 행위인지요. 타인을 위하여 온전히 내 마음을 내어주는 기도가 있기에 이 세계는 그나마 그처럼 무도한 혼란과 좌절과 절망 속에서도 하루하루 나아가고 있는 것 아닐까 싶어요. 기도는, 언제 하든, 어디서 하든, 이 세상 어느 구석진 자리에 숨어서 하는 기도든, 광장에서 큰 소리로 외치는 기도든, 그 어디에서나 모두 의미가 있습니다. 어떤 목소리라도 좋습니다. 낡은 타성이 아닌 새로운 내어줌으로 기도라는 마음의 행위가 일상 안의 뜻 깊은 반복으로 자리 잡기를 빌어봅니다.

기도라는 끈

어느 변증론자의 저녁 기도 C. S. 루이스

제 모든 남루한 패배로부터, 또 아, 그보다 더한,
제가 거둔 것처럼 보이는 모든 승리로부터
당신을 대신하여 발휘한 영리함으로부터,
(그래서 천사들은 울고 청중들은 웃었지요)
당신의 신성에 대한 제 모든 증거로부터
당신, 어떤 표징도 주지 않는 분, 저를 구하옵소서.

생각들이야 동전에 불과하지요. 제가 당신 대신
동전의 닳고 닳은 당신 초상에 기대지 않게 하소서.
제 모든 생각들을, 당신에 대한 생각들까지도
아, 당신 온당한 침묵이시여, 내려와 저를 자유케 하소서.
좁은 문과 바늘귀의 주님이시여, 제가 멸망치 않도록
제 모든 하찮은 것들을 데려가주소서.

⁑ Walter Hooper, ed., *The Collected Poems of C. S. Lewis*, Fount Paperbacks

유학생 시절, 공부할 게 많아 초를 다투듯 바삐 살면서도 성당에서 미사 전례를 준비하고 챙기는 봉사를 했습니다. 미국의 한인성당은 한국의 성당에 비해서 여건이 좋지 않습니다. 그래서 더욱 신자들의 자발적인 봉사가 필요한데, 저 또한 박사논문을 마쳐야 하는 부담 속에서 늘 시간을 초로 재듯 살았지요. 체력도 시원찮은데 바쁘게 동동거리다 보면 부활절이나 성탄절 전후로는 몸살도 많이 앓았네요. 그래도 성작◆ 수건을 깨끗이 빨아 다림질하면서 저의 구겨진 마음도 함께 반듯하게 펴고, 아무도 없는 성당에서 기도하고 미사 준비를 하던 시간은 큰 은총이었다 싶습니다.

'재의 수요일'부터 40일은, 제가 비로소 새로운 해를 맞이하는 시간입니다. 들떠 오르는 것들을 차분히 내려놓고 참된 저만의 시간을 갖는데, 올해는 낯선 곳에서 혼자 보내게 되었으니 그 고적함 속에서 평소 밀쳐두었던 질문과 새롭게 대면하고 있습니다. 신앙인으로서 하느님을 믿지 않는 분들에게 받는 제일 곤혹스런 질문 중 하나는 기도

◆ 가톨릭에서 미사 때 포도주를 담는 잔.

에 관한 것입니다. 기도는 왜 하나요? 응답을 받습니까? 하느님이 계시면 이 세상 수많은 불행과 슬픔은 왜 이렇게 끊이지 않는 걸까요? 기도하는 사람이 그렇게나 많은데 왜 세상은 이다지도 고통과 악이 판을 치는 것일까요? 믿지 않는 분들이 순진한 시선으로 이런 질문들을 던질 때 저 또한 쉽게 답하지 못해 망설일 때가 많습니다.

기도와 참회를 통해 낮아지는 사순 시기에 C. S. 루이스Clive Staples Lewis, 1898~1963의 시는 이러한 질문에 맞춤으로 다가옵니다. 루이스를 어떻게 불러야 할까요? 너무 많은 직함이 따라오는 분이거든요. 『나니아 연대기』라는 책을 쓴 작가이자 영문학자인 그는 밀턴 연구의 대가입니다. 동시에 20세기 최고의 기독교 변증론자로 불리는 분이고요. 1898년 아일랜드에서 태어난 루이스는 책을 많이 읽으며 기독교 신앙 안에서 성장합니다. 불행히도 열 살 때 어머니를 암으로 여의고 기독교 기숙학교로 보내지는데, 그 경험이 참 힘들었나 봅니다. 열다섯 살에 루이스는 무신론자가 되거든요. 이후 옥스퍼드대학에 진학하여 고전 영문학을 전공하는데 중간에 제1차 세계대전에 참전했다가 부상을 입고 인간사의 참담함을 온몸으로 경험한 그는 그 회복 과정에서 여러 책을 읽고 또 영문학을 공부하면서 다시 하느님의 영성을 찾게 됩니다. 『반지의 제왕』을 쓴 J. R. R. 톨킨이 친한 친구여서 루이스가 기독교 신앙을 회복하는 데

큰 영향을 주었다 합니다.

옥스퍼드에서 고전, 철학, 영문학을 공부한 루이스는 이후 긴 시간 옥스퍼드대학에서 또 케임브리지대학에서 영문학을 가르치면서 동시에 기독교 영성의 문제를 학문적으로 고찰합니다. 유신론자에서 무신론자에서 다시 유신론자로의 회귀가 그에게 신앙의 화두를 남겼겠지요. 이후 하느님의 목소리와 이 세상의 고통에 대해, 사랑의 방식과 기도의 방식에 대해, 인간 실존의 문제에 대해서 고민하고 연구한 루이스는 동화, 시, 소설, 신학, 교육철학, 공상과학, 신화, 문학 비평, 자서전 등 다양한 장르의 저서 60여 권을 남기고 강연도 참 많이 했습니다. 영국 성공회 기독교 신앙 안에 있었지만 루이스는 가톨릭 신앙인 사이에서도 큰 신망을 얻었습니다. 교황 요한 바오로 2세도 루이스의 책 『네 가지 사랑』을 참 좋아하셨다 하니까요.

이 글의 제목을 "기도라는 끈"으로 잡았는데요. 저는 기도에 끈이 있다고 늘 생각합니다. 기도는 그냥 바라는 바를 이루어달라고 요청하고 그에 대한 응답을 받기 위해 하는 것이 아니라, 존재의 끈, 생명의 끈이라는 생각을 늘 하거든요. 이 시는 그 끈을 실감하게 한 어떤 시간의 기록입니다. 제가 모처럼 번잡한 일상에서 놓여나 미국에서 평화로운 읽기와 묵상의 시간을 보내는 동안 한국은 뜻하지 않은 대재난의 시간을 통과하고 있었지요. 바로 팬데믹이 막 시작된 참이었거든요.

그 혼란과 걱정 중에 이 시를 선물로 받았습니다. 시를 보내주신 분은 서울 시민대학의 수강생으로 만난 어르신이랍니다. 이분은 저를 보면 딸이 생각난다 하셨는데, 저는 이 분을 뵈면 멀리 고향에 계시는 아버지를 떠올리곤 합니다. 평소에도 기도의 끈이 이어져 있는지 강의를 하는 제 표정만 보고도 저의 피로와 고단함을 읽는 어르신은, 늘 "아프지 마세요"라고 말씀하시곤 해요. 이번에도 경상도에 계시는 저의 부모님 걱정을 하시며 또 멀리서 발을 동동 구를 저를 걱정해주셨어요. 그 시를 받은 날, 저는 몸이 좀 아팠습니다. 낯선 곳에서 새로 적응하느라 긴장한 시간이 지난 탓인지 호되게 아프던 참에 이 시를 읽으니 기도의 끈으로 이어져 있는 마음을 느낄 수 있어 큰 위로가 되었지요.

시에서 저녁기도의 내용은 간단합니다. 나를 꾸미고 나를 치장하는 것들, 내가 이룬 성취, 나를 초라하게 만든 패배, 하느님이 주신 내 영리함까지도 다 내려놓겠다고 합니다. 그리하여 시의 화자는 침묵의 하느님께 청합니다. 이 모든 것들로부터 자유롭게 해달라고. 당신에 대한 생각까지도, 당신을 증거하는 일에서까지도 말입니다. 얼핏 생각하면 신앙인으로서 '하느님의 영광을 드러내는 일에 제 능력을 써주소서'라고 기도해야 할 것 같지만 그렇지 않습니다. 자신의 실패와 성공과 영광을 다 "제 모든 하찮은 것들"

로 칭하면서 그 모든 것들로부터 데려가달라는 청원. 그게 멸망에 이르지 않는 길이라고. 어떤 것도 기대하지 않음으로써 다른 차원의 해방을 청하는 것. 시의 화자는 침묵이신 하느님께 그렇게 청합니다. 기도는 이런 것인가 봅니다. 청하지 않는 요청, 바라지 않는 해원, 마음 두지 않는 성심, 놓여남으로써 진정으로 가까이 가는 길.

이 기도의 길은 쉬운 것 같지만 쉽지 않습니다. 바라는 게 너무 많은 우리로서는 말이지요. 그래서 그 길은 좁은 문인가 봅니다. 마더 테레사 또한 언젠가 한 인터뷰에서 기도할 때 무슨 말을 하느냐는 질문에 대해, "말을 하지 않고 그저 듣습니다"라고 하셨다지요. 그럼 하느님은 무슨 말씀을 하시냐는 질문이 다시 이어지니 수녀님은 "하느님은 아무 말씀 안 하시고 그저 듣고 계십니다"라고 답하셨다 합니다. 그러고 보면 기도는 듣는 일입니다. 듣는 일은 헤아리는 일이고요. 우리 살아가는 세상은 크고 작은 위기와 고통과 슬픔과 아픔이 출렁이는 너른 바다입니다. 그 바다를 우리 각자는 작은 종이배를 타고 항해하듯 지나고 있습니다. 그 위태롭고 고적한 항해에서 누군가의 말을 들어주고 헤아려주는 당신은 그 누군가에게는 신의 자리를 대신하고 있을지도 모릅니다.

가장 작은 것들의 선물

키모 치료

줄리아 달링

상상도 못 했어요, 나이 마흔넷에
대머리가 될 거라고는. 계획에 없던 일이에요.
아마 늙어가며 흉터 두어 개쯤, 뺨에 뜨거운
홍조 정도. 부채를 부치며 앉아 있을 거라 생각했죠.

하지만 나는 대머리가 되었고, 낮에는 잘 걷지도
못해요. 이 방에서 나는 병약한 환자, 수프를
저으며, 희끄무레한 어둠에 깨어 있으면서,
전화가 울려도 받지 못하고 있는걸요.

내 인생이 이렇게 작아질 줄 생각도 못 했어요.
컵 하나, 차의 맛, 솔의 질감, 그리고
내가 일어나야 할지 말지에 이다지도
신경을 많이 쓰게 되리란 것도 몰랐어요.

내가 불행한 건 아니랍니다. 난 표류하는 법을 배웠고,
한 모금씩 마시는 법도 배웠어요. 가장 작은 것들이

선물이지요.

‡ *Sudden Collapses in Public Places*, Arc Publications

먼 곳에서 이 글을 씁니다. 여긴 계절로는 겨울인데 산책을 하다 보면 보랏빛 분홍빛 노랑빛 꽃들이 만발한 풍경을 보네요. 나무는 아직도 단풍 옷을 입고 있고, 사람들 옷차림은 반팔에서부터 겨울 외투까지 다양해서 하루에 여러 계절을 겹쳐 사는 것 같아요. 서울은 겨울 한가운데 있을 테지만 그래도 봄을 향해 해가 조금씩 길어지고 있겠지요. 저는 지금 미국 샌프란시스코에서 한 시간 거리인 버클리대학에 와 있답니다. 오랜 시간 몸담은 학교와 집, 서울, 익숙한 대한민국이라는 공간을 떠나서 새로운 곳에서 새로운 계절을 보내게 되어 이 글도 사뭇 다른 느낌으로 쓰고 있어요.

그런데 사람 일이 재밌는 것이, 풀브라이트재단의 연구 장학교수로 선정된 것까지는 좋았는데 오랜만에 외국에 나오려니 불안한 게 한두 가지가 아닌 거예요. 남편 아침 굶을까 걱정, 연로하신 부모님 건강 걱정, 논문 쓰는 제자들 공부 잘할까 걱정. 떠나오기 전에 이런 걱정들로 발걸음이 안 떨어졌다고 말씀드리니 저를 초대한 이곳 버클리대학의 연로하신 시인 로버트 하스는 허허 배를 잡고 웃으셨어요. 부모님 걱정은 이해되는데 남편 아침 걱정과 제자들 걱정은 마음 놓으라고, 더 잘할 거라고 하셨지요. 낯선 곳에 정착하는 일도 좀 불안했지요. 지금은 다시 일상의 산책과 독서를 잘 이어가고 있지만 처음 일주일은 발걸음마다 '하느님, 저를 지켜주세요!' 기도를 했던 것 같아요.

앞서 소개해드린 줄리아 달링Julia Darling, 1956~2005의 시는 그 나날 중에 만난 선물입니다. 동네 책방에 산책 삼아 들렀다가요. 저는 시를 읽을 때 제목을 보지 않고 시의 본문을 먼저 읽는 습관이 있답니다. 사람을 만나는 것도 첫인상에 좌우되듯 시와의 만남도 첫 줄이 중요하거든요. 이 시는 첫 줄을 읽으며 '이게 뭐지?' 고개를 갸우뚱, 계속 읽고 싶은 마음이 들었어요. '나이 마흔에 왜 대머리가 되지? 시인이 여자인 것 같은데 이상하다' 하며 계속 읽었지요. 시를 다 읽고 나면 키모 치료◆ 때문에 생긴 가슴 아픈 부작용이었음을 알게 되는데요. 이 짧은 시 안에 병이 안겨주는 놀라움, 고통, 절망, 그리고 희망, 새로운 눈뜸이 다 들어 있네요. 이 짧은 시 안에 셀 수 없이 많은 날들의 눈물과 아픔과 기쁨이 다 녹아 있네요.

대부분의 사람들에게 병은 교통사고처럼 갑작스럽게 옵니다. 스트레스라든가 과로라든가 여러 가지 병을 유발하는 요인은 많이 있겠지만 대개는 그냥 대수롭잖게 살다가

◆ 암 환자들이 받는 화학요법치료.

병을 만나지요. 놀람, 분노, 좌절, 부정, 긍정, 체념, 탄식, 불면, 절망, 화, 짜증, 희망, 기대 등 상상조차 힘든 온갖 다양한 감정의 롤러코스터를 타면서 우리는 병을 통하여 비로소 자기 삶을 총체적으로 돌아보게 됩니다. 그래서 특정한 병을 진단받기 전과 후는 어떤 생사의 기로에 선 것처럼 크나큰 단절로 나뉘는 것이고요. 시인은 암을 맞닥뜨리고 치료하는 과정에서 맞닥뜨린 본인이 예전에는 상상도 하지 못했던 경험들, 놀라움과 충격과 어이없는 상실이 동반되는 그 변화를 담담하게 묘사합니다.

숱 많은 머리가 다 빠져 대머리가 되는 일, 멀쩡했던 사지를 움직이지 못하게 되는 일, 다 큰 어른이 혼자서는 아무것도 못하는 아이가 되는 일, 몸의 일부가 사라지고 엄청난 흉터가 생기고 그 상실을 견디는 일, 전화도 못 받고 입이 깔깔하여 제대로 먹지도 못하는 일. 자유롭고 활발하고 온전하게 웃고 떠들고 마시고 걷고 노래하던 사람이 아무것도 제대로 못하고 보살핌을 받는 환자가 되는 것은 실로 엄청난 충격입니다. 손에 가시가 하나 박혀도 아픈데, 발목이 살짝 삐어도 불편하기 짝이 없는데, 상처가 되는 말 한마디를 들어도 비수가 꽂힌 듯 잊지 못해 벌벌 떠는 게 보통의 인간인데, 큰 질병이나 사고로 겪는 몸과 마음의 변화는 얼마나 참담할까요. 이러한 변화는 몸을 가진 단독자 개인이 오롯이 혼자 겪는 변화이니만큼 아무리 사랑하는 사이라 하더라도 나눌 수 없는 아픔이지요. 이걸 어떻게 견뎌야 할까요?

그 고통과 비참은 흡사 시편 102장에 나오는 다윗의 노래를 생각나게 합니다. "저의 세월 연기 속에 스러져가고 저의 뼈들은 불덩이처럼 달아올랐습니다. 음식을 먹는 것도 저는 잊어 제 마음 풀처럼 베어져 메말라가고 탄식 소리로 제 뼈가 살가죽에 붙었습니다." 그처럼 고통스런 와중에 시인은 새롭게 깨어나는 감각을 통해 경험의 다른 이면을 살피고 있습니다. 시인은 병으로 얻은 절망에서 머물지 않고, 차츰차츰 새롭게 얻게 된 감각들을 열거합니다. 작고 초라하게 쪼그라든 인생이지만, 거기에도 뭔가를 새롭게 알아가는 기쁨이 있습니다. 천천히 수프를 먹으며 감지하는 맛과 차의 향이라든가, 자기 몸을 감싸고 있는 솜의 질감들 같은 것. 평소에는 아무렇지 않았던 작은 것들에 새로운 감각을 열게 되면서 시인은 알게 됩니다. 이 작은 것들이 결국 내게 주어진 선물이고 은총이란 것을요.

흔히 '선물'로 번역되는 'gift'는 원래 '주어진 것'이란 뜻입니다. 주어진 것이기에 '재능'으로 번역되기도 합니다. 선물과 재능 모두 돈으로 사거나 의지로 구하는 게 아니고 거저 주어지는 은총입니다. 그런데 우리는, 아마 그래서, 선물과 재능을 깨닫지 못하고 잃고 난 후에야 알게 되는 때가 많습니다. 사랑하는 사람이 떠난 후에야 그 사랑을 알고, 평범한 일상이 무너진 후에야 그게 얼마나 따뜻한 시간이었는지 알게 됩니다.

복병처럼 숨어 있다 급습하는 병이나 운명을 아무런 준비 없이 대면해야 하는 우리는 다만 극복할 힘을 달라고 기도할 뿐입니다. 신기한 점은, 갑작스레 오는 큰 불행에 비해 이를 극복할 힘은 소소한 기쁨들에서 생긴다는 것. 이 깨달음은 또, 질병이나 사고 등으로 인해 자기 몸에 일어난 변화에만 국한되는 일은 아닐 것입니다. 평소에는 당연하게 생각한 일들, 당연하게 주어진 권리, 당연하게 받은 타인의 선의……. 큰 사고와 비참을 지나 뒤돌아보면 이 모든 것들이 은총이고 기쁨이고 선물입니다. 그리고 그것들은 대개 우리 삶의 작고 소소한 자리를 차지하고 있습니다. 눈에 띄지 않는 사소한 것들의 소중함과 고마움을 우리는 쉬 잊습니다.

시인이 "가장 작은 것들이 선물이지요"라고 담담하게 말할 수 있게 되기까지 그가 겪은 고난과 절망은, 경험하지 못한 이들은 짐작하기 힘든 너비와 깊이일 것입니다. 하지만 그 가파른 비참과 절망을 지나오니 이처럼 사소하고 작은 기쁨들이 기다리고 있어 나를 다시 꽃피우고 웃게 만듭니다. 아침에 일어나는 일, 커피의 첫 향기를 맡는 일, 두 다리로 걷는 일, 웃는 일, 친구와 수다를 떠는 일, 내 손으로 맛있는 음식을 만들어 누군가를 먹이는 일, 내 손으로 내가 수저를 드는 일, 내가 누군가의 힘이 되고 위로가 될 수 있는 기회들, 고개 들면 보이는 푸른 하늘, 걸을 때 내 등에 비치는 햇살, 바람 한 줄기, 이 모든 일상의 자잘한 순간에 은총과 선물이 기적처럼 숨어 있습니다. 이를 충만히 누리는 하루하루, 그보다 더 큰 선물이 어디 있을까요? 하여 올해는 대단한 선물이 하늘에서 뚝 떨어지기를 바라지 말고, 반복되는 내 일상의 구석구석에서 기쁨을 찾아나가는 일에 집중하기를 소망해봅니다. 우리가 언제 하느님의 부름을 받게 될지 알 수 없지만 그에 대한 걱정보다도 매일 받는 가장 작은 선물에 기뻐하는 날들, 이미 찬란하지 않나요?

당신의 집은 어디인가요?

월든 중에서 헨리 데이비드 소로

찬찬히 살아보고 싶었기 때문에 나는 숲으로 갔다. 인생의 본질적인 사실들만을 마주해보고자, 인생이 가르치는 바를 내가 배울 수 있는지 알아보고자. 그리하여 마침내 죽음을 맞이할 때 내가 헛살았구나 알게 되는 일이 없도록 하고자. 나는 삶이 아닌 것을 살고 싶지 않았으니 삶이란 그처럼 소중한 것이다. 또 나는 정말 필요하지 않는 이상 체념을 답습하고 싶지 않았다.

* *Walden*, ApeBook Classics

'집에 머물라' 명령이 떨어진 곳에서 이 글을 씁니다. 전 세계를 휩쓴 코로나19. 바이러스가 지나는 곳에는 불안과 공포, 증오, 무수한 죽음이 있습니다. 미국은 극심한 '사재기'가 있었습니다. 휴지는 가장 귀한 품목이 되었고 총알이며 마약 판매도 늘었다 합니다. 각자도생의 현실 속에서 물리적 거리 두기를 뒤늦게 시행 중입니다.

위기는 한 사회의 민낯을 고스란히 드러냅니다. 그간 반짝이는 문명의 화장술에 가려졌던 문제들이 여지없이 불거져 나옵니다. 제가 사는 곳은 3월 16일, 미국에서 처음으로 '자가 격리Shelter-in-Place'령이 실시되었습니다. '집에 머물라Stay-at-Home' 비슷한 명령이 잇따라 다른 주에서도 발표되었고요. 생필품 구입이나 긴급한 의료 목적 외에는 외출을 금하고, 심지어 장례식조차 금하고 있으니 망자를 떠나보내는 애도의 예식조차 쉽지 않습니다. 북적대던 카페가, 식당이, 영화관이, 학교가, 박물관이, 광장이, 공원이, 텅 비어 있습니다. 모두들 꿈이 아닌가, 영화 같다고 합니다.

무자비한 전염병의 공포 속에서 각 나라는 저마다 최선이라고 생각하는 해법을 찾고 있지만 이 폭풍은 쉬 수그러들 것 같지 않습니다. 저 또한 먼 땅에서 혼자 지내며 줄어드는 휴지와 쌀을 바라보는 일이 너무 난감했지요. 써야 할 글과 논문 들, 번역할 책들도 많았지만 일이 손에 잘 잡히지 않았고요. 이러한 때 집어든 책이 헨리 데이비드 소로Henry David Thoreau, 1817~1862의 『월든』입니다.

1817년 미국 매사추세츠주 콩코드에서 태어난 소로는 하버드대학을 졸업했습니다. 어려운 가정 형편에 힘들게 공부를 마친 소로는 고향에 돌아와 교사 생활을 시작하지만 학생들 체벌을 거부하면서 단 며칠 만에 사직하고 맙니다. 철없다고 야단맞기 딱 좋을 일이지요? 최고 학부를 나왔으나 사랑도 생활도 맘대로 안 되던 가난한 청년은 스물여덟 살 나이에 월든 호숫가에 작은 통나무집을 짓습니다. 거기서 1845년 7월부터 1847년 9월까지 2년 2개월 동안 소로는 자급자족의 숲속 생활을 했고 그 자취를 기록하여 1854년 낸 책이 『월든』인데요. 전 세계적으로 엄청난 반향을 일으킨 이 책을 재난 중, 잠시 멈춰 선 시간에 읽으며 이 세계에 대해 다시 생각해보았지요.

앞의 문구는 월든 호수 옆, 허물어진 집터에 있는 나무판에 새겨져 있습니다. 여기서 소로는 숲에 간 이유를 분명히 말합니다. '찬찬히deliberately' 살고 싶어서 갔다고요. 'deliberately'는 의식적으로 궁리하고 신중한 숙고 끝에 일을 결행한다는 뜻입니다. 돈이 없어서 내몰린 현실이라기보다도 본인의 의지가 작동했다는 것, 그 이면에는 "인생의 본질적인 사실들만을" 대면하고 싶어서였음을 밝힙니다. 인생이 무엇을 가르치는지, 무엇을 배울 수 있는지 깨닫고, 마침내 이 생을 다하고 죽음을 맞이할 때 헛살았다는 느낌을 갖지 않으려 청년은 숲으로 들어갑니다.

대개 야망 있는 청년은 좋은 대학을 나와 대도시에 갑니다. 손에 흙 묻히지 않고 책상에 앉아 법이나 돈을 다루는 일을 하지요. 소로는 "삶이 아닌 것을 살고 싶지 않았"다고 고백합니다. 삶은 "그처럼 소중한so dear" 것이기 때문입니다. 관습적인 삶의 방식으로 보면 '정신 나간 놈' 소리를 듣기에 좋은 결행. 그는 또 '체념resignation'을 답습하고 싶지 않았다고 하는데요. 여기서 'resignation'은 직장을 그만두거나 직위를 포기하는 공식적인 행위인 '사직'에도 쓰이는 말입니다. 많은 사람들이 하는 순응의 삶을 살고 싶지 않았다는 소로의 결심을 살려 '체념'이라고 옮긴 것인데요. 그는 당시 청년들의 불행이 많은 유산을 받은 데 있다고 말하기도 합니다. 농장과 주택, 가축 등을 유산으로 받으면 버리기가 쉽지 않으니 차라리 광막한 초원에서 태어났으면 이 땅을 더 맑은 눈으로 바라볼 텐데…… 했습니다.

세상의 길과는 반대의 눈으로 이 세계와 삶을 바라보는 소로. 이 구절을 곱씹어 읽으면서 "인생의 본질적인 사실들만을 마주해보고자"의 영어 원문 "to front only the essential facts of life"에 오래 머물렀습니다. '자가 격리', '집에 머물라'는 명령이 떨어진 미국에서 매일 듣는 말이 '이센셜essentials'이라는 단어입니다. '이센셜'에 필요한 인력을 제외하고는 모두 재택근무를 해야 하고, 주민들은 '이센셜'을 위해서만 외출할 수 있습니다. 생필품 구입이나 의료 목적 외에는 움직이지 말라는 것이지요. 사람들과도 6피트(약 1.8미터) 거리를 둬야 하고요.

하지만 또 궁금해집니다. 'Stay at Home'. 집에 머물라니, 집 없는 사람은 어떡하지? 거리의 수많은 홈리스들은 어디로 가지? 우리를 보호해주는 최소한의 단위인 집. 집에서는 무엇이 필요하지? '이센셜'의 뿌리인 'essence(본질, 정수)'는, 존재와 생명의 유지에 필수적으로 요청되는 가장 중요한 것을 의미하지요. 그래서 '이센셜'은 본질적인 것, 필수적인 것을 뜻하고요. 요즘 저의 '이센셜'은 물과 휴지, 쌀, 인터넷입니다. 휴지가 다 떨어지면 어쩌나 하는 걱정이 가장 현실적인 저의 위기입니다. 길가에서 마주하는 사람의 다정한 인사에서 바이러스가 내게로 옮아오면 어쩌나 하는 두려움도 크고요.

요즘 제게 또 다른 '이센셜'은 기도와 말씀, 그리고 온라인으로 드리는 매일미사입니다. 이웃의 굶주림은 외면하면서 나만, 우리 가족만, 우리나라만 잘 살면 된다고 생각했던 이기, 인간의 옹졸한 편협, 편 가르기, 무관심 등을 이 무서운 재난이 일깨우고 있습니다. 재난이 지나는 자리에는 배타적인 혐오와 죽음, 공포만이 있지는 않습니다. 재난과 마주하면서 우리는 지금까지 우리가 그토록 맹목적으로 매달려온 부와 성장, 문명의 신기루가 삶의 본질이 '아님'을 분명히 알게 됩니다. 재난의 전선에서 싸우는 분들을 통해 우리는 이 재난이 묶어주는 큰 사랑과 희생, 나눔과 연대의 가능성도 봅니다. 이런 것들이 삶의 본질적인 것들입니다.

사람이 살지 않는 숲속 고적한 생활을 의도적으로 선택하면서 소로는 인생의 본질적인 것들만 마주하고자 했다고 고백합니다. 그는 '간소하게, 간소하게, 간소하게 살라'고 거듭 말합니다. 허명과 부, 명예 등 우리 삶을 화려하게 치장하는 것들을 떨구고 난 자리에서 삶의 본질을 대면하는 일. 재난을 통과하면서 우리는 이 세계가 하나라는 것을 마치 처음인 듯 깨닫습니다. 부자 동네와 가난한 동네를 나누는 경계나 담벼락, 국경조차도 소용없습니다. 우리는 이 세계 안에 하나로 묶여 있습니다. 이 자각 위에서 앞으로는 경제적 이익이나 공공의 자산을 분배하는 일도 더 평등한 방식을 지향하게 되겠지요. 내 목숨은 나 하나만의 건강과 유기농 식품, 고소득으로 유지되는 '웰빙well-being'이 아니라는 것. 국가 간 경쟁보다 온 세계가 함께 공생의 삶을 모색해야 함을 저마다 느끼겠지요.

월든 호수에 두 번 갔습니다. 한 번은 여름, 한 번은 겨울에. 월든 호수에 갈 때는 근처 소로의 묘지를 꼭 들릅니다. 거기서 소로를 마주하려면 쪼그리고 앉아야 합니다. 크고 작은 비석이 서 있는 오래된 묘지에서 묘비인지 아닌지도 잘 모를 작은 돌 하나가 서 있습니다. 멀리서 온 이방인은 쪼그리고 앉아 한참 바라봅니다. 이 세상에 다녀가는 존재의 의미가 새롭게 각인됩니다. 사람의 한 생은 하나의 우주이면서 동시에 하나의 돌이고 한 점 먼지입니다. Stay at Home. 재난이 던져준 명령 앞에서 묵상합니다. 당신의 집은 어디인가요? 당신의 '이센셜'은 무엇인가요?

우리의 엄중한 시간

엄중한 시간

라이너 마리아 릴케

지금 이 세상 어디선가 누군가 울고 있다.
이 세상에서 까닭 없이 울고 있는 이,
나를 위해 울고 있다.

지금 이 밤 어디선가 누군가 웃고 있다.
이 밤에 까닭 없이 웃고 있는 이,
나에게 웃고 있다.

지금 이 세상 어디선가 누군가 걷고 있다.
이 세상에서 까닭 없이 걷고 있는 이,
나를 향해 오고 있다.

지금 세상 어디선가 누군가 죽어가고 있다.
이 세상에서 까닭 없이 죽어가는 이,
나를 바라보고 있다.

⁑ *Rainer Maria Rilke: Selected Poems*, Routledge

어떤 사건은 새로운 말을 우리 모두의 마음에 각인시켜 잊지 못하게 만듭니다. 팬데믹Pandemic이라는 단어도 그 한 예입니다. 영어에 큰 관심이 없던 분들도 이 단어는 이제 다 익숙해지셨을 거예요. '격리'를 의미하는 단어 'quarantine'도 올해 들어 빈도수가 잦은 단어가 되었지요. 제가 아는 영어 선생님 한 분은 이 단어를 이제야 알게 되었다고 그동안 직무유기라도 한 듯 쑥스럽게 고백하시네요. 잘 쓰이지 않는 단어는 그만큼 놓치기 쉽다고, 이 단어를 몰라도 괜찮던 때가 행복했던 거라고 이야기한 기억이 납니다. '전 세계적인 유행병'을 뜻하는 '팬데믹'이 우리 모두의 일상에 침투한 나날. 우리는 과연 팬데믹 이전으로 돌아갈 수 있을까요? 어떤 변화가 필요할까요?

제가 머물고 있는 미국은 우리나라와 같은 날 확진자가 처음 나왔지만 지금은 방역 모범국인 우리나라와 정반대로 세계에서 가장 심각한 상황을 맞고 있습니다. 뒤늦게 마스크 쓰기를 권고하고 있지만, 해변에서 무리 지어 노는 이들도 있고 경제가 죽게 생겼으니 빨리 가게를 열게 해달라며 무장 시위를 벌이는 이들도 있습니다. 하루에 수천 명씩 죽어가는 곳에서 가장 아쉽게 느껴지는 부분은 초기 대응입니다. 중국의 한 도시에서 시작된 바이러스가 전 세계를 덮치기 시작할 때도 '먼 나라 불구경'하는 식이었지요. 미국 CNN 방송에 이어 세계보건기구 WHO가 코로나19를 '팬데믹'으로 선언할 때에도 미국은 큰 주의를 기울이지 않는 분위기였습니다.

팬데믹은 그리스어에서 '모든all'을 뜻하는 pan(πᾶν)과 '사람들people'을 뜻하는 demos(δῆμος)가 결합된 단어입니다. '모든 사람들'을 뜻하는 더없이 좋은 말의 뿌리건만, 팬데믹이 지나는 곳에는 불안과 공포, 고립과 고통, 마비, 증오와 혐오, 죽음이 함께합니다. 팬데믹은 차별을 모릅니다. 인종, 지역, 계급, 지위, 부, 권력의 유무를 가리지 않습니다. 세계적인 영화배우도, 한 나라의 수상도 걸립니다. 미국에서 상황이 가장 심각한 뉴욕주의 경우, 주지사의 동생인 CNN 앵커도 코로나19 확진을 받았습니다. 주지사가 집에서 격리 중인 동생과 매일 인터뷰를 하는가 하면, 이 심각한 상황에서 대국의 대통령이 살균제를 몸 안에 집어넣어 소독하는 방법은 없느냐는 질문을 하는 '웃픈' 풍경도 펼쳐집니다.

하지만 동시에 팬데믹은 평등하지 않습니다. 단 몇 주 만에 7만 명이 넘는 사망자가 나온 미국에서도 확진자 수 및 치명률에서 히스패닉계나 흑인 등 유색인종의 비율이 월

등히 높습니다. '누가 더 죽는가?'의 문제를 놓고 봤을 때 소득과 인종에 따라 확연히 달라지는 팬데믹은 평소에 감춰져 있던 불평등의 고리를 더 선연히 드러냅니다. 외국인으로 이 상황을 보고 있으니 소위 말하는 강대국이나 선진국이 얼마나 허울 좋은 이름인지 깨닫습니다. 또한 좋은 나라는 어떤 나라인지 되묻게 됩니다. 한 사람, 한 목숨, 한 생명은 그 각각이 깊이와 너비를 가늠하기 어려운 하나의 우주인데, 셀 수 없는 우주가 적절한 치료를 받지 못하고 무수히 꺼져가는 이 시간은 실로 비통하고 엄중한 시간이 아닐 수 없습니다. 이 무참을 낯선 땅에서 목도하면서 이달에는 릴케의 시를 골랐습니다.

시 「엄중한 시간」은 독일어 원문으로는 'Ernste Stunde' 영어로는 'Solemn Hour'로 번역됩니다. 이 글을 쓰기 위해 저는 독일어 원시와 영어 번역시를 함께 읽으며 '엄중한 시간'으로 옮겼는데요. 'ernst'는 '진지한, 진심의, 근엄한, 엄숙한'의 의미이며 동시에 '중대한, 심상치 않은'을 뜻하기도 합니다. '진정한, 솔직한, 성실한'을 뜻하기도 하고요. 이런 뜻을 고루 아우르는 단어로 '엄중한'을 택했습니다. 이 시를 '엄숙한 시간'으로 번역한 역자도 있지만 모든 번역은 새로운 읽기의 한 방식이기에 이 선택을 이해해주시리라 믿습니다.

시인은 팬데믹의 상황을 생각하고 이 시를 쓰지는 않

았을 것입니다. 시인은 이 세계 안의 존재들이 서로 '모르는 상태로' 주고받는 관계를 그리고 있습니다. 이 세상 어딘가에서 일어나는 누군가의 눈물, 누군가의 웃음, 누군가의 걸음, 누군가의 죽음이 실은 우리 각자의 삶 속에 깊이 엮인 일이요, 사건이라는 것을 일깨우는 것이지요. 평소 별생각 없이 누리는 우리의 웃음과 행복, 안락과 평화를 이 세상 어딘가에 있는 누군가의 눈물과 걸음, 죽음과 연결하기란 쉽지 않고, 또 먼 누군가의 눈물과 죽음을 나의 문제와 연결하는 상상도 쉽지 않습니다. 게다가 이 모두가 까닭이 없는 일이라니요!

잘 사는 사람은 자신이 잘나서 잘 산다고 생각하는 게 평범한 인간의 논리입니다. 고민하는 영역도 나와 내 주변, 딱 그만큼입니다. 내가 바로 실감할 수 있는 가족의 일, 친구의 일이 아니면 나 아닌 이의 울음과 상처와 고통은 먼 일로 치부합니다. 자기 앞의 일만 살피면서 꾸역꾸역 삶의 계단을 오릅니다. 하지만 우리는 사실 많은 행복과 불행, 기쁨과 고통을 대부분 서로가 서로에게 모른 채 빚지면서 나누고 있습니다. 당장 실감하지 못해도 그게 세상의 이치입니다.

릴케가 이 시를 통해 알려주는 것은 바로 존재의 관계성입니다. 이 세상 어디선가 까닭 없이 울고 있을 누군가, 이 밤 어디선가 까닭 없이 웃고 있을 누군가, 얼굴도 모르고 이름도 모르는 누군가의 발걸음을 '지금의 나'의 바로 앞으로 끌고 옵니다. 지금 나를 위해 울고 있는 자, 내게 웃음 보내는 자, 나를 향해 오고 있고 또 나를 바라보며 죽어가는 자로 말입니다. 눈에 보이지 않는 타인의 상처와 고통과 희생과 웃음까지 우리 앞으로 당겨 마주하게 하는 실로 귀한 자각, 우리의 무관심과 냉대와 이기심을 일깨우는 아픈 자각입니다.

격리 생활을 하다 마스크를 쓰고 산책을 나갑니다. 봄꽃이 하염없이 예쁘네요. 멀리서 누군가가 걸어옵니다. 우리는 서로 멀찌감치 길을 건너 피합니다. 그래도 그 마주침이 반가워 손을 흔들며 인사를 하지요. "Hi!" "How are you?"란 말이 마스크에 막혀 상대방에게 들리지 않겠지만 그렇게라도 서로의 온기를 확인하면 마음이 따뜻해집니다.

모두가 바이러스 방어전에 몰두할 때 또 어딘가에서는 부주의로 인한 화재로 수십 명이 목숨을 잃기도 합니다. 반복되는 사건들 속에서 누군가의 우연한 죽음이 우리 죄와 무관심의 대가가 아닌가 싶어 가슴을 여밉니다. 별생각 없이 산 하루하루가 실은 타인의 목숨, 타인의 눈물, 타인의 걸음으로 떠받쳐진 시간이 아니었을까 하고 절감합니다.

이 지상에서 우리는 모두 하나로 엮여 있습니다. 남미의 우중충한 골목에서 대책 없이 바이러스에 노출된 채 먹을 것을 구걸하는 아이가 나에게 다가옵니다. 화마에 삼켜진 노동자의 흔적 없는 죽음이 나를 바라봅니다. 어떤 사건이 지나갔다고 그 상처와 고통을 없던 일로 지우고 망각한다면, 불행은 다시 돌아올 것입니다. 이 시절, 연대만이 희망입니다. 우리의 엄중한 시간은 팬데믹이 종식된다 하여 끝나는 시간이 아닙니다. 우리 살아 있는 모든 순간순간이며, 그 순간은 모든 이의 아픔과 눈물이 함께 어린 시간입니다.

스타 마켓에서 장보기

스타 마켓

마리 하우

예수님이 사랑하신 사람들이 어제 스타 마켓에서 쇼핑을 하고 있었죠.

계산대에서 내 옆에 서 있던 늙은 납빛의 남자,

숨을 너무 무겁게 몰아쉬어 내가 몇 걸음 물러서야 했어요.

쇼핑백에 물건을 다 넣고도 그 남자 여전히 숨을 몰아쉬며 서 있었어요,

손에다 기침을 하면서요. 허약한 자, 절름발이, 난 그이들을 쳐다볼 수 없었죠.

발을 질질 끌며 통로를 걷는 사람들, 썩은 내가 났어요. 마치 스타 마켓이

몸 건강한 사람들을 위해 하루 휴일을 선언한 것 같았어요. 난 나머지 것들,

시큼한 우유, 상한 고기 속에서 시리얼과

스프링 워터를 찾으며 헤매고 있었죠.

예수님은 성자셨음에 틀림없어. 나중에 주차장에서 내

잃어버린 차를

찾으며, 사람들 사이에서 휘청거리며, 내가 혼잣말을 했네요.

밧줄을 타고 방으로 내려온 것 같은 이들, 동굴에서

살금살금 나왔을 사람들, 공중목욕탕 구석에서 기어 나와
두 손 두 무릎을 꿇고 자비를 구하며 나온 사람들 속에서요.

내가 만약 그의 옷자락을 만지기만 해도, 한 여자가 생각했죠, 나는 나을 거야.

그가 바퀴를 밀며 돌아다닐 때 그 얼굴에 어린 표정을 내가 참을 수 있을까?

* *The Kingdom of Ordinary Time: Poems*, W. W. Norton & Company

매사추세츠주 보스턴에 가면 '스타 마켓'이 있습니다. 시인 마리 하우Marie Howe, 1950~는 뉴욕주 로체스터 출신으로 컬럼비아대학에서 문예창작을 공부하고 매사추세츠주에서 영어 선생님으로 일한 적도 있다 하네요. 최근에 낸 시집으로는 『막달레나Magdalene』가 있고 영성적인 시를 많이 쓴 시인인데, 경력으로 보건대 아마 '스타 마켓'에서 실제로 쇼핑을 한 경험을 토대로 이 시를 쓴 것 같습니다. 이 시는 깜짝 선물로 받은 책에 있었어요. 엄마이자 학자, 또 신앙인으로 바쁘게 살아가는 분이 쓴 작은 기도서인데, 유학 시절 만나 부모님처럼 저를 살뜰히 챙겨주시는 분이 보내주신 책이었지요.

편안하게 대화를 건네는 듯한 어조로 시는 스타 마켓에서 장을 보다 만난 이들을 이야기합니다. 스타star는 '별'을 뜻하며 연극 등에서 주연을 맡는다는 의미도 있고, 장성급 군인에게 다는 계급장도 스타입니다. 어마어마한 이름의 마켓인데 대단한 사람들이 오지 않습니다. 어디나 있는 평범한 마트거든요. 그 마켓에서는 보통 사람들이 장을 봅니다. 시의 화자가 장을 보는 날, "예수님이 사랑하신 사람들"

이 쇼핑을 하고 있었다고 하는데, 예수님이 사랑하신 사람들은 바로 그 보통 사람이지요. 아니 실은 보통에 미치지 못하는 사람, 다리를 저는 사람, 냄새나는 사람, 중병이 있는지 납빛의 얼굴로 기침을 하는 사람이었다 합니다.

요즘 시절에 쇼핑하다가 누가 옆에서 기침을 한다면 기절초풍할 일이겠지만, 전염병이 돌지 않은 평화로운 시기의 '스타 마켓'에서도 누군가 썩은 내를 풍기며 기침을 했다면 그걸 좋아할 사람은 아무도 없었겠지요. 시는 그런 불편함을 전합니다. 몸 건강하고 깔끔하게 잘 차려입은 이들은 다 어디로 가고, 이렇게 초라하고 아픈 사람들만 있는 것인지, 내심 느끼는 당혹감이 실감 나게 그려집니다. 그 불편함과 당혹감은 시의 화자가 별난 사람이라서가 아니라 이 글을 읽고 있는 누구나 느낄 수 있는 자연스러운 불편함일 것입니다.

우리도 그런 적 많지 않던가요? 말로는 '사랑하라'라고 하지만 걸인을 마주하면 얼굴 찡그리며 피하기 일쑤고, 나보다 약한 이들에게 별 의식 없이 함부로 대합니다. 우리가 외치는 '사랑'은 높은 지위나 특정한 타이틀을 가진 자들 사이의 연대, 그들만의 리그 안에 머무는 경우가 많습니다. 소위 인맥이라는 연결 고리를 찾으려 애쓰면서 그 안에서 자신에게 이익이 되는 것들을 챙기려는 욕망 안에 우리는 자주 사랑을 가두어 둡니다.

허약한 자, 절름발이를 제대로 쳐다볼 수 없었다는 고

백을 통해 시의 화자는 관계 안에서 우리가 잊기 쉬운 윤리적인 질문을 던집니다. 냄새를 풍기며 가쁜 숨을 몰아쉬기에 몇 걸음 물러서야 했던 이, 가장 낮은 자리에 있는 사람. 이 시가 특별히 흥미로운 것은, 쇼핑 카트를 밀며 돌아다닐 때 시의 화자가 만난 사람이 병든 거지였다가 예수님으로 바뀌는 과정에 있습니다. 누추한 이들을 두려워하고 멀리했던 화자는 카트를 끌고 나와 드넓은 주차장에서 자기 차를 찾으면서 자신의 이기적인 태도를 반성합니다.

시에서 "잃어버린"은, 차를 도난당했다는 뜻이 아니라 너무 넓은 주차장에서 자기 차의 주차 위치를 찾지 못해 헤맨다는 말입니다. 미국에서 쇼핑해보신 분들은 대개 이런 경험이 한두 번 있을 거예요. 시는 병들고 약한 자들을 어루만지고 품어주는 예수님을 생각합니다. 찡그리며 그들을 멀리했던 자신의 이기심을 반성하면서, 두 손 두 무릎 꿇고 앉아 자비를 구걸하는 이들에게 손을 내민 사람이 바로 예수님이었다는 자각에 이릅니다.

그런데 놀랍게도 다음 연에서 구걸하는 이들을 품어준 예수님이 바로 그 거지, 바로 그 아픈 이들이 됩니다. "내가 만약 그의 옷자락을 만지기만 해도" 나을 거라는 중얼거림. 12년간 하혈을 하던 여인이 예수님에 대한 소문을 듣고 군중 속에 끼어 가다가 예수님 옷자락에 손을 대자마자 출혈이 그치고 병이 나았다는 마르코 복음의 일화가 생각납니다. 그 기적! 그런데 또 여기서 그치지 않고 시는 마지막으로 예리한 질문을 던집니다. "그가 바퀴를 밀며 돌아다닐 때 그 얼굴에 어린 표정을 내가 참을 수 있을까?"

이 마지막 질문은 다시 시의 처음으로 돌아가 마트에서 악취를 풍기며 돌아다니는 사람을 생각나게 하지요. 그러니까 시의 처음에 발을 질질 끌면서 썩은 내를 풍기며 걷던 이, 예수님이 가장 사랑하셨던 이는 실은 예수님인 것입니다. "너희가 내 형제들인 이 가장 작은 이들 가운데 한 사람에게 해준 것이 바로 나에게 해준 것이다.◆" 거지에서 예수님으로 다시 거지로 향하는 이 변모는 우리 곁에 늘 있지만 우리가 쉽게 외면하는 사람들이 실은 우리 곁의 성자요, 예수님이란 것, 우리가 가장 살뜰하게 품어야 할 사람들이라는 점을 깨우쳐줍니다. 사랑과 연대는 명성에, 권위에, 부에, 끼리끼리의 자족에 기대는 것이 아니라 바로 이처럼 가장 낮고 누추한 자리에 서 있는 이들을 보는 것입니다. 성경 말씀을 통해 배웠고 또 알고 있지만 일상에서 실천하기 어려운 그 가르침을 시인은 '스타 마켓'에서 절감합니다.

이 글을 쓰고 있는 지금, 미국은 코로나19가 휩쓴 죽음 외에 한 흑인의 죽음이 인종 문제라는 예민한 문제에 불을 붙인 상태입니다. 수백 년 동안 이어진 차별과 핍박, 억압으

◆ 마태 25:40

로 인한 흑인들의 억눌린 분노가 조지 플로이드라는 한 남자의 죽음으로 가시화된 현장. 범죄 혐의자를 체포하는 과정에서 경찰이 플로이드의 목을 눌러 질식사하게 한 비극적인 사건. "숨을 못 쉬겠어I can't breathe"라고 호소했지만 묵살당하고 결국 죽음에 이른 과정은 끔찍해서 차마 볼 수가 없습니다. 그가 남긴 이 말은 미국 사회에서 유색인종으로 살아가는 고달픔을 선명하게 보여줍니다.

동시에 그 고통이 미국의 문제만이 아니라는 것도 일깨워줍니다. 우리 안에 뿌리내린 차별과 혐오, 배제를 돌아보게 합니다. 피부색이 다르다는 이유로, 언어가 다르다는 이유로, 가난하다는 이유로, 교육을 받지 못했다는 이유로, 병들었다는 이유로, 어리다는 이유로, 여성이라는 이유로, 또 나이 들었다는 이유로, "숨을 못 쉬겠어"라는 호소를 말로 하지 못하고 살아가는 이들이 우리 주변에 얼마나 많은지요. 우리는 이들을 얼마나 편리한 방식의 동정과 회피, 방치, 혹은 선택적 사랑으로 대했던가요.

스타 마켓에서 만나는 그 약한 사람들, 다리 저는 사람, 기침을 해대는 이, 어디에나 있는 우리의 가난한 예수님. 그의 옷자락을 만지기만 해도 내가 나을 텐데, 과연 그가 풍기는 그 역한 냄새에 우리가 코를 막거나 얼굴 찡그리지 않고 그를 마주하고 그 남루한 옷자락을 만질 수 있을까요? 우리의 염원과 구원을 그에게 맡길 수 있을까요? 오늘 우리의 사랑은 어느 쪽을 향하고 있는지요? 나는, 우리는, 과연 누구를 보고 있는지요?

멈춰서 생각하는 지금이라는 시간

내 자아의 노래 3부 중에서

월트 휘트먼

지금이 있다는 것보다 더 나은 시작이란 결코 없었고
지금이 있다는 것보다 더 나은 젊음이나 늙음도 없었다.
그리고 지금이 있다는 것보다 더 나은 완벽이란 없을 것이고,
지금이 있다는 것보다 더 나은 천국이나 지옥도 없을 것이다.

* *Leaves of Grass,* W. W. Norton & Company

짧은 연구학기를 마치고 집으로 돌아갈 짐을 꾸리며 이 글을 씁니다. 그간 미국이란 나라를 잘 안다고 생각했지만, 이번에 경험한 미국은 익히 알던 미국과 참 달랐습니다. 오랜 시간 가장 선진적인 국가로 자임하던 미국이 바이러스 앞에서 얼마나 허약하게 흔들리는지 바로 눈앞에서 목도했지요. 또 최근에는 오래 곪아온 인종 문제까지, 이 나라가 언제 어디서 터질지 모르는 지뢰를 안고 있는 땅이란 것을 실감했지요.

낯선 곳에서 소수인종으로 혼란기를 지내다 보면 일상의 감각도 확연히 달라집니다. 산책을 나가 낯선 이들을 만나 이런저런 얘기도 자주 하곤 했는데, 불안한 시기엔 멀찍이 피해가는 게 습관이 되었습니다. 여성, 어린이, 약자, 소수의 이방인들이 일상에서 자주 느낄 감정을 저 자신도 그간 잘 몰랐다는 것을 절감했지요. 대면 활동이 강력히 규제되는 환경에서 생계에 타격을 입는 이들도 많습니다. 고립감으로 목숨을 끊기도 합니다. 육체적 접촉은 관계의 가장 친밀한 형태인데 그것이 불가능해진 생활 속에서 저마다 불안과 우울을 호소합니다.

이 힘겨운 시간, 저도 쉽지는 않았지만 스스로를 돌아보는 기회로 생각하고 충실히 보내려 애썼습니다. 독서, 기도, 걷기가 생활의 큰 축이 되었습니다. 토머스 머튼의 책들, 소로의 『월든』도 다시 읽으며 단순한 삶에 대해 많이 생각했습니다. 처음엔 당혹스럽던 강제 멈춤의 시간이 기쁨으로 바뀌며 하루하루가 늘 바빴습니다.

기억나는 장면들이 여럿 있습니다. 지난 3월 바티칸 생중계로 함께한 프란치스코 교황의 '인류를 위한 특별 기도와 축복' 예식이 먼저 생각나네요. 비 내리는 밤, 성 베드로 대성당 앞에서 그분의 발걸음은 고독해 보였습니다. 하지만 간절한 기도가 그 고독한 발걸음을 희망으로 바꾸어주셨고 밤하늘의 푸르른 빛 아래서 큰 위안을 받았습니다.

산책길에 만난 진흙 천국도 생각납니다. 이 계절에는 하늘만큼 땅을 많이 보며 걸었습니다. 폭우가 쏟아진 다음 날 산책길에서 만난 물웅덩이. 흙탕물 속에 푸른 하늘이 있었고, 초록 이파리가 있었고, 환한 빛으로 작열하던 한낮의 햇살이 있었습니다. 흙탕물을 통해 본 하늘이 참 좋았습니다. 진흙 천국이 이런 것이구나! 천국을 보는 눈이 흙탕물을 통과해서도 열릴 수 있음을 실감한 그 한낮의 산책길은 코로나19로 인한 멈춤이 준 큰 선물 중 하나였지요.

맑음을 맑음으로만, 선을 선으로만, 기쁨을 기쁨으로만, 행복을 행복으로만, 슬픔을 슬픔으로만 받아들이는 습관 대신, 슬픔을 통해 기쁨을, 악을 통해 선을, 어둠을 통해 밝음을, 더러움을 통해 맑음을, 그 모든 공존하는 생의 원리를 생각하며 매일 불안하게 드리우는 병의 공포를 조금씩 지워나갈 수 있었습니다.

만약 이 멈춤이 아니었으면 저는 무얼 했을까요? 빼곡한 일정표 속에서 매달 비행기를 타고 학회를 다닐 계획이 있었으니 즐겁게 지냈겠지요. 경치 좋은 곳을 구경하고 시 읽기 행사도 많이 했겠지요. 보스턴, 워싱턴, 뉴올리언스, 키프로스섬, 뉴욕……. 약속된 만남이 주는 기쁨이 있었겠지만 가쁜 호흡에 대한 반성은 없었겠지요. 누구나 그렇듯 속도전을 열심히 치르며 살았겠지요. 그 벅찬 숨을 단번에 가라앉히고 완벽한 기도의 시간으로 만들어준 이 이상한 날들은 시간에 대한 감각을 참 다르게 만들었습니다. 그래서 19세기 미국의 민주주의를 노래한 월트 휘트먼Walt Whitman, 1819~1892의 시를 찾아 읽었습니다.

세심하면서도 호방한 시선으로 생을 긍정하는 휘트먼의 시는 기운 없을 때 읽으면 큰 용기를 주는데요. 이 시에서 시인은 '지금'이라는 시간에 집중하게 합니다. 영원할 줄 알았던 평범한 일상이 더는 약속되지 않는 이 낯선 시간 속, 우리의 '지금'은 무엇이어야 할까요? 그 어떤 익숙한 접촉도, 만남도 당연하지 않고, 어떠한 약속도 어떤 미래도 쉽게 예감할 수 없는 낯선 일상을 마주하는 우리. 앞으로 이 시간을 어떻게 채워나가야 할까요? 불안하고 우울하고 두려운 이들에게, 어떤 전망을 쉽게 꿈꾸지 못하는 이들에게 '지금'은 어떤 의미가 있을까요?

시인은 말합니다. "지금이 있다는 것보다 더 나은 시작이란 결코 없었고 / 지금이 있다는 것보다 더 나은 젊음이나 늙음도 없었다"고. 어떤 시작을 생각하면 젊음은 지나가고 늙음만 남아 있는 것 같아서 서글프던 마음이 좀 가라앉습니다.

"지금이 있다는 것보다 더 나은 완벽이란 없을 것"이라고 하는데, 이 구절은 좀 비현실적으로도 들립니다. 시인 휘트먼이 '지금' 시간의 여러 문제들을 몰랐을 리 없습니다. 19세기 휘트먼이 살던 미국은 지금보다 더 많은 문제들이 산적해 있었을 것입니다. 하지만 시인은 지금이 있다는 것보다 더 나은 완벽이 없을 거라고 말합니다.

이 시에서 흥미로운 지점은 시인이 그냥 단순히 '지금보다'라고 하지 않고 "지금이 있다는 것보다"라고 하는 것입니다. 영어로 'than now'라고 하지 않고 'than there is now'라고 했는데, 그 차이가 뭘까요? 과거, 현재, 미래를 비교하여 지금이라는 현재성을 강조하는 것이기도 하지만, 시인은 지금이 '있다'는 것, 그 조건을 더욱 강조합니다. 슬퍼 우는 자에게나 기뻐 웃는 자에게나 지금이라는 시간은 공평하게 주어집니다. 그 때문에 지금이 있다는 것, 지금 이 순간의 내가, 우리가 있다는 것은 이 모든 불행과 재난 속에서도 우리가 기댈 수 있는 가장 완벽한 희망이자 기쁨의 약속입니다. 가장 공평한 생의 조건입니다.

돌이킬 수 없는 실수와 실패, 과거의 상처, 우리가 떠안은 이 수많은 문제들에도 불구하고 지금이 있다는 것. 그것은 이 모든 불안과 불행, 아픔과 슬픔, 결핍과 궁핍에도 불구하고, 지금이 있기에 우리는 새로 시작할 수 있다는 준엄한 생의 선언입니다. 누구도 거부할 수 없는 확고한 현실적 자각을 주는 말, 지금이 있다는 것. 지금이 있으니 우리는 이 지금과 함께해야 합니다. 그게 우리에게 주어진 단단한 희망의 조건입니다.

예상치 못했던 큰 위기에 번잡했던 일상이 멈추고 세계가 단절되었습니다. 생각해보면, 우리 각자의 생도 그런 위기가 늘 있었다 싶어요. 마음이 허방을 딛는 것만 같은 시간에도, 내게 주어진 시간의 몫을 사용하여 지금 다시 시작하는 것은 어떨까요? 경쟁과 속도전에 내몰려 허명을 쫓느라 돌아보지 못한 각자도생의 세계를 돌아보며 무엇이 진실로 우리를 구원하는지 생각해보니, 다 잃은 것 같은 허탈한 날에도 '지금'이라는 순간이 있습니다. 지금까지와는 다른 삶을 모색하는 것도 지금이 있기에 가능합니다.

이 작은 지구별에서 나만이 중요하다고 생각한 이기와 나만이 영원하리라 생각한 무지를 지우고, 우리 모두 함께 살아가는 날을 위한 새로운 결단을 내리고 손과 발이 구체적으로 실천하도록 만드는 힘, 지금이 있습니다.

정지, 우리가 알지 못했던 힘

정지의 힘

백무산

기차를 세우는 힘, 그 힘으로 기차는 달린다

시간을 멈추는 힘, 그 힘으로 우리는 미래로 간다

무엇을 하지 않을 자유, 그로 인해 무엇을 해야 할 것인가를 안다

무엇이 되지 않을 자유, 그 힘으로 나는 내가 된다

세상을 멈추는 힘, 그 힘으로 우리는 달린다

정지에 이르렀을 때, 우리는 달리는 이유를 안다

씨앗처럼 정지하라, 꽃은 멈춤의 힘으로 피어난다

* 『이렇게 한심한 시절의 아침에』(창비)

귀국하여 2주간 자가 격리의 시간을 보냈습니다. 코로나19 감염증이 심각한 나라에서 반년을 보내고 귀국하고 보니 제가 그간 얼마나 많은 분들의 애간장을 태웠는지 실감이 납니다. 부모님, 가족들을 비롯하여 친구들, 선후배들, 제자들까지 걱정이 이만저만이 아니었나 봅니다. 다들 무사히 살아 돌아왔다고 기뻐합니다. 어디서든 일상은 비슷하게 흘러가기에 거기서도 여기서도 별반 다를 바 없는 생활이지만, 전해지는 생생한 염려의 목소리를 들으니 관계가 만들어주는 정성과 마음 '씀'이 새삼스럽게 뭉클합니다.

오자마자 읽고 싶은 시집들을 주문했습니다. 봄에 출판된 백무산 시인의 새 시집 『이렇게 한심한 시절의 아침에』를 아침저녁으로 읽고 있습니다. 앞의 시는 2016년에 〈현대시학〉에 처음 발표된 시인데, 원래 6행이었던 시가 한 줄 더 늘어났습니다. '일하지 않을 자유'를 노래하던 세 번째 행이 두 줄로 늘어나, 각각 "무엇을 하지 않을 자유"와 "무엇이 되지 않을 자유"를 말하고 있고, 원래 발표된 시의 마지막 두 행, '생명의 구심력은 정지의 힘이다 / 씨앗처럼 정지하라, 그 힘으로 우리는 피어난다'가 하나의 행, "씨앗처럼 정지하라, 꽃은 멈춤의 힘으로 피어난다"로 바뀌었습니다. 같은 듯 다른 두 시, 시의 마지막 부분에 행위의 주체가 우리에서 꽃으로 바뀐 것이 큰 차이인데, 저는 그 변화가 참 좋았습니다.

우리는 대개 성장과 발전만을 좋고 바람직한 것으로 생각하는 경향이 있지요. 개인이나 단체, 국가 할 것 없이 모두가 정신없이 앞만 보고 내달리며 성장 그래프를 만들고 성장 곡선에서 위로 올라가는 일에 열중합니다. 이 글을 읽는 분들 가운데 얼마나 많은 분들이 일과 성취에 중독되어 휴식 없이 내리 달리기만 하셨을지, 그리고 그로 인해 얼마나 지쳐 허덕이고 계실지, 눈에 선합니다. 제가 그리했기 때문에 그 마음을 너무 잘 압니다. 안식학기를 맞기 전 저는 13년을 안식년 없이 일만 했습니다. 두 번의 안식년 기회가 있었지만 당시 학과가 처한 난처한 행정적 문제들을 처리하느라 안식년을 반납했습니다. 그동안 저는 교수에게 요구되는 연구력을 필요 이상으로 채우고, 학교가 요구하는 행정을 원활하게 처리하고, 학생들이 요청하는 일에도 빠짐없이 응하면서 성실과 책임으로 무장해서 사는 게 최선인 줄 알았습니다. 멈춤이 얼마나 필요하고 소중한 일인지, 멈춤이 가져다주는 응축의 힘이 만들어낼 새로운 리듬에 대해서는 눈을 감고 있었지요.

눈을 감았다기보다, 잘 몰랐다는 게 옳은 표현일 듯합

니다. 저는 저대로 최선을 다해 살았기에 멈춤이 얼마나 필요한 일인지 알지 못했습니다. '하던 일이니 이 일을 마무리 지으면 좋겠습니다'라는 주변의 권고만 듣고 제가 얼마나 지쳐 있는지는 잘 들여다보지 못했습니다. 몸과 마음이 너무 지쳐 더는 짜낼 에너지가 없는 순간이 되어서야 인간의 의지로 하는 멈춤도 꼭 필요하다는 걸 깨닫고 뒤늦게 얻은 귀한 안식의 시간이 지난 학기의 선물이었지요. 코로나19가 저의 멈춤을 더욱 완전한 멈춤으로 만들어준 셈인데요. 결과적으로 저는 그 멈춤 동안 훨씬 더 많은 새로운 깨달음, 새로운 호흡을 얻게 되었습니다. 삶은 늘 이상한 롤러코스터의 리듬과 같고 그 속에는 예기치 못한 선물이 숨어 있는 것 같습니다.

뒤늦게 의도된 멈춤의 중요성을 알게 된 저처럼, 시는 우리가 미래로 가기 위해서는 바로 그 정지, 멈춤, 휴식의 시간이 반드시 필요하다는 걸 말해줍니다. 무엇이 되지 않을 자유로 내가 된다는 말은, 세상이 요구하는 어떤 역할을 벗어던지고 내가 나 자신으로 오롯이 남을 자유에 대해 질문하게 합니다. 직위가 부여한 타이틀, 이름, 역할을 벗고 나 자신의 이름으로만 남을 때 우리는 무엇으로 설 수 있을까요? 정은귀 교수가 아니라 인간 정은귀로 남을 때 저는 어떤 존재일까요?

질문을 바꾸어 신부님, 수녀님, 회장님을 빼면 무엇이

남을까요? 성직자, 수도자, 행정가, 직장에서의 지위, 직종이 부여한 호칭들, 가령, 의사, 판사, 교수, 기자, 신부님, 수녀님, 작가, 팀장님, 과장님, 의원님, 학교의 처장님, 총장님, 아버지, 어머니 등 이름 뒤에 붙는 그 모든 ~사, ~장, ~가, ~님을 빼고 나면 우리 각자에게 무엇이 남을까요?

자신의 이름만 가지고 우리가 온전히 무엇으로 설 수 있는지, 무엇으로 남을 수 있는지를 이 시는 돌아보게 합니다. 또 거꾸로 이 시는 그 역할의 소중함에 대해서도 다시 생각하게 합니다. 모든 공적인 역할은 스스로를 아끼고 품어야 가능한 일이고, 사회적으로 의미 있는 어떤 좋은 일도 스스로를 먼저 돌보고 사랑한 후에 가능하다는 것을 넌지시 말해줍니다.

시는 마지막에 이르러 정지의 힘을 더 몰아붙여 "씨앗처럼 정지하라"고 합니다. 씨앗처럼 정지하는 일은 쉽지 않습니다. 이때의 정지는 복귀가 예정된 휴식이 아닙니다. 기약을 알 수 없는 기다림입니다. 5분 정지했다가 다시 출발하는 기차처럼 잠깐의 멈춤이 아닙니다. 엿새 휴가 뒤에 다시 복귀하는 직장의 일과가 아닙니다. 한 학기 쉼을 갖고 다시 학교로 돌아오라는 약속이 아닙니다. 씨앗처럼 정지하는 일은 가없는 기다림, 미래를 알 수 없는 기다림입니다. 답답하고 하염없는 일입니다. 씨앗은 피어나기 위해 흙에 파묻혀야 하는데, 파묻히고 나면 언제 어떤 햇살이, 바람이,

빗줄기가 싹의 발아에 도움이 될지 알 수 없습니다. 비가 너무 많이 내려 흙 속의 씨앗이 썩을 수도 있고, 가뭄에 씨앗이 그냥 말라버릴 수도 있습니다.

그래서 이 시가 말하는 멈춤은 아무런 예고 없는 멈춤이자 결과를 알 수 없는 정지입니다. 인간의 계획과 의도로 다음 수순이 예정된 휴식이 아닙니다. 씨앗처럼 정지하라는 마지막 행의 힘은 시의 앞부분에서 나오는 모든 멈춤, 기차를 세우고 시간을 멈추고 무엇을 하지 않고 무엇이 되지 않는 그 모든 정지들을 압도합니다. 너른 폭으로 아우릅니다. 이 마지막 행이 실은 시의 앞부분에 나오는 모든 필요한 멈춤을 뛰어넘는 깨우침의 순간을 선사합니다. 언제 오실지 모르는 주님을 위해 깨어 준비하는 시간처럼 말이지요. 그 깨어 준비하는 시간조차도 바지런히 뛰어다니는 시간 이상으로 흙 속에 묻혀 있는 가없는 기다림의 형태로 필요하다는 것을 시는 일깨워줍니다.

글을 쓰는 지금, 비 그친 한여름 햇살 속에 매미가 요란하게 울고 있습니다. 오랜만에 듣는 매미 소리입니다. 매미는 7년 정도를 땅 속에서 유충으로 있다가 땅 위에서 7일을 살며 짝짓기를 기다린다지요. 그 울음, 그 기다림처럼, 우리도 때로 멈춰 서야 할 때가 있습니다. 코로나corona, 라틴어로 '왕관'을 뜻하는 바이러스가 새로운 상생의 삶을 근본적으로 고민하게 했듯이, 갇힌 벽을 문으로, 닫힌 문을 창으로 상상하는 눈과 기다림이 만드는 새로운 힘이 있을 것입니다.

나를 기쁘게 하는 색

목가

윌리엄 칼로스 윌리엄스

더 젊었을 때는
뭔가를 이루는 게
중요했지.
지금은 나이 더 들어
뒷골목을 걸으며
저 초라한 이들의
집들을 대단타 바라보네,
삐죽삐죽 선이 안 맞는 지붕,
오래된 닭장 철조망과 재,
못 쓰게 된 가구들이
잡다하게 들어찬 마당,
울타리, 통나무 널빤지와
상자 조각들로 지은
바깥 화장실, 그 모두를,
고맙게도 말야,
적절히 풍화된
푸르스름한 초록 얼룩이
모든 색깔 중에서

가장 나를 기쁘게 하네.

　　　　　　　　　　　이것이

이 나라에 제일 중요하다는 걸

아무도 믿지 않겠지만.

* 정은귀 옮김, 『꽃의 연약함이 공간을 관통한다』(민음사)

힘겨운 시기, 다들 우울과 불안을 호소합니다.

아랍에 '불안은 영혼을 먹어버린다'라는 속담이 있는데요. 〈불안은 영혼을 잠식한다〉라는 영화의 제목이 여기서 따온 것이지요. 관계에서 오는 불안, 미래를 알 수 없는 현실에서 중압감을 느끼며 오는 불안, 건강에 대한 불안 등 우리는 살면서 많은 불안을 통과합니다. 그 불안한 순간순간을 기도로써, 또 '두려워 마라'는 말씀에 의지하여 다스리며 건너고 이겨냅니다. 특히 요즘 시기는 한치 앞을 알 수 없다는 전망의 부재에 더해서 나도 모르는 사이에 내가 코로나19에 감염되어 다수의 사람들에게 큰 피해를 입힐 수 있다는 불안감에 모두 시달립니다.

불안을 잘 다스리려면 어떻게 해야 할까요? 제게는 불안을 잠재워주는 좋은 친구가 있습니다. 걸으면서 하는 기도입니다. 답이 없는 일을 고민할 때도, 걸으면서 중얼중얼 저만의 기도를 하노라면 마음이 차분하고 단단해집니다. 참기 힘든 어떤 일을 견디는 힘도 생기고요. 마음과 몸을 튼튼하게 해주는 걷는 기도의 신비, 정말이지 저를 아는 모든 분들에게 권해드리고 싶네요.

불안을 다스리는 또 하나의 팁은 바로 소소한 기쁨을 찾는 일입니다. 윌리엄 칼로스 윌리엄스William Carlos Williams, 1883~1963가 쓴 시를 함께 읽는 것도 그 소소한 기쁨을 찾고 나누기 위해서랍니다. 윌리엄스는 본업이 의사였지요. 산부인과와 소아과 의사를 하면서 매일 만나는 동네의 친근한 이웃들, 골목 풍경 등을 상세히 그리듯 담아낸 시들을 많이 썼습니다. 의사였으면 전형적인 상류층의 삶을 상상할 텐데, 윌리엄스는 소박한 서민의 삶을 살며 미국 보통 사람들의 일상을 담은 시를 많이 썼습니다.

앞의 시 또한 그 이야기를 들려줍니다. 젊은 날에는 유명해지고 싶고 성공하고 싶은 열망 속에서 성취를 위해 달리지만 나이가 더 들어서 보니까 그게 중요한 게 아니더라는 깨달음과 함께 자기가 사는 동네의 누추한 골목을 걸으며 담장을, 지붕을, 마당을, 얼기설기 만든 화장실까지 세심하게 살핍니다. 20세기 초반의 미국 뉴저지를 상상해봅니다. 다닥다닥 붙어 지은 집들 속에서 어제가 오늘 같고 오늘이 내일 같은 생활을 이어갔던 보통 사람들. 시인은 그 풍경 속에서 푸르스름한 초록 얼룩, 세월의 비바람에 닳고 닳은 그 풍화된 색이 자신을 가장 기쁘게 한다고 고백합니다.

여러분은 어떤 색과 어떤 순간을 마주할 때 가장 기쁜지요? 번역된 시 구절 "가장 나를 기쁘게 하네"의 영어 원구절은 'pleases me best'인데, 'please'라는 단어는 '기쁘게 하다/기분 좋게 하다'의 뜻입니다. 대단한 행복까지는 아니더라도 기분이 좋아지는 색을 찾는 일은 중요합니다. 저는 보라색을 좋아하는데 일상에서 저를 편안하게 하는 색은 푸른색 계열인 것 같아요. 일렁이는 보리밭을 볼 때라든가, 강둑의 미루나무를 볼 때라든가, 하늘을 볼 때라든가…….

시인이 마지막 세 줄에 다짐하듯 적은 걸 잊지 말아야 하겠습니다. "이것이 / 이 나라에 제일 중요하다는 걸 / 아무도 믿지 않겠지만"이라는 말. 네…… 우리는 말로는 낮은 자리, 평범한 사람들을 소중히 여겨야 한다고 하지만 실은 늘 높은 자리, 높은 학력, 부, 유명한 사람들을 선망하고 그렇게 엮인 관계를 알게 모르게 지향합니다. 하지만 시인은 이 나라에서 제일 중요한 것이 낮은 골목의 낮은 집들이며 그 사이에서 만나는 세월에 풍화된 초록 얼룩이라고 합니다. 그 초록 얼룩은 우리네 부모님들의 주름을 닮았습니다. 우리 가난한 역사를 닮았습니다. 힘겨운 세월을 겨우겨우 헤쳐온 인내를 닮았습니다. 매일 기도에 의지하지 않으면 안 되는 그 가파른 삶의 시간들, 앞이 보이지 않는 불안과 고독, 온갖 위기를 헤쳐 나온 그 흔적이 바로 초록 얼룩입니다.

시인은 나라에서 제일 중요한 것이 바로 그것이라고 합니다. 그런데 아무도 믿지 않을 이야기. 20세기 미국에서나 21세기 미국에서나 우리 대한민국에서나, 우리의 공동체, 우리의 도시에서도 마찬가지 이야기를 할 수 있을 것 같습니다. 정치를 하는 사람들이 세심하게 들여다보아야 할 색도 화려한 금빛이 아닌 그 초록 얼룩이고 세월에 풍화되고 마모된 사람들입니다. 학교에서 제가 더 눈여겨 살펴야 할 학생들도 그 초록 얼룩 같은 아이들입니다. 이 시는 화려한 것에 쉽게 끌리고, 위세와 권위, 큰 목소리에 쉽게 굴복하는 우리 모두를 따끔하게 찌릅니다. 작은 것이 우리를 구원한다고요. 작은 것에 눈길을 두라고요.

어려운 시절일수록, 작은 것들을 살피고 작은 것에서 기쁨을 찾는 것은 어떨까요? 엽서 한 장을 보면서 그림을 그립니다. 집 앞 골목에서 콘크리트를 뚫고 나온 노란 꽃을 봅니다. 작은 화분의 초록 싹을 봅니다. 눈을 들어 하늘을 봅니다. 다가오는 가을에 만나게 될 기분 좋은 색을 생각합니다. 어제 저를 가장 기쁘게 한 색은, 새우젓으로 살짝 간해서 끓인 애호박의 연녹색이었습니다. 불안과 우울을 싹 씻어준 색이었습니다. 그러고 보니 기분 좋은 색이 너무 많다고요? 그러면 매일 매 순간을 기쁘게, 그 기쁨을 누릴 수 있는 시선에 감사하며 살면 될 일입니다. 그러면 됩니다.

들리시나요, 제 말이?

루이즈 글릭, 「꽃양귀비」에 대하여

2016년 노래하는 시인 밥 딜런Bob Dylan 이후 4년 만에 다시 시인이 노벨문학상을 탄 날, 온 세계가 깜짝 놀라던 기억이 나요. 루이즈 글릭Louise Glück, 1943~, 미국 여성 시인이지요. 아주 조용한 시인이라서 미국의 친한 비평가와 시인들도 다들 놀라워했어요. 1901년부터 시작된 노벨문학상 수상자들의 면면을 살펴보면, 여성 수상자는 매우 적고, 그중에서도 시인은 더 드물지요. 언제 어디에서든 시를 쓰고 읽는 분들 모두가 소중하기에 특별히 누가 어떤 문학상을 탔다 해서 이 사람만 대단하다 할 수는 없지요. 문학상이 중요한 것이 아니니까요.

하지만 상이 갖는 상징성이 있고, 그중에서도 '이상적인 방향으로' 문학 분야에서 가장 눈에 띄는 기여를 한 사람에게, 그것도 작가 생전에만 수여하는 노벨문학상은 많은 이들이 관심을 갖는 게 현실이고요. 그래서 노벨문학상이 발표되는 10월 초에는 누가 상을 타는지 전 세계적으로 온갖 추측이 난무하고, 실제로 사람들은 베팅 사이트를 뒤져가며 귀를 쫑긋 세우고 기다립니다.

2020년에 누구도 예상치 못한 시인 글릭이 노벨문학상을 타는 바람에 미국 시를 전공한 저는 갑자기 좀 바빠졌습니다. 여기저기 인터뷰 요청이 들어왔거든요. 인터뷰에 익숙하지 않아서 좀 민망했지만 제가 아는 한 사람들의 궁금증을 해소시키려 노력했던 기억이 아직도 생생합니다. 새삼스럽지만 다시 챙겨보면, 그때까지 118명의 노벨문학상 수상자가 나왔는데 그중 101명이 남성 작가이고 여성 작가는 단 17명이라는 것. 2022년에 프랑스 소설가 아니 에르노 Annie Ernaux가 수상했으니 이제 여성 작가는 18명이 되었고요. 시인으로는 1945년 상을 탄 칠레 시인 가브리엘라 미스트랄Gabriela Mistral, 그리고 1996년 폴란드 시인 비스와바 쉼보르스카 이후 글릭이 세 번째 여성 시인인 셈이지요. 이처럼 대략 가늠해보더라도 그동안 문학의 역사에서 여성 시인의 목소리가 얼마나 묻혀 있었는지, 노벨문학상을 비롯한 권위 있는 큰 상에서 여성 시인이 얼마나 가려졌는지 실감납니다.

시의 역사에서 이름이 기입된 시인들은 대부분 남성이지요. 여성 시인들은 19세기까지만 해도 남자 이름을 가명으로 내세워 시를 발표한 경우가 많았답니다. 미국 시사에서 위대한 시인으로 손꼽히는 에밀리 디킨슨의 경우만 보더라도 수천 편의 시를 썼지만, 살아서 발표한 시는 겨우 10여 편, 나머지는 사후에 발굴되어 시집으로 나온 것이고요. 어떤 직종이든 여성/남성을 구분 짓지 않는 것이 윤리적으로 온당한 호명의 방식이겠기에 루이즈 글릭의 수상을 두고 여성으로서의 정체성을 유난히 강조할 생각은 없었답니다.

그런데 인터뷰 중에 기자들 질문에 답하며 살펴보니 남녀 성비가 너무 커서 놀랐고, 그러다 보니 그 점을 조금 더 강조해서 이야기하게 되었지요. 루이즈 글릭의 경우 예일대를 비롯하여 평생 학교에서 시를 가르치면서 시를 써온 시인인데, 미국에서 수많은 상을 탔고 이번에 노벨문학상까지 더해졌습니다. 어떤 영문학자는 더 이상 수상할 상이 남아 있지 않은 상황에서 노벨문학상으로 영광의 정점을 찍었다고도 했답니다.

노벨문학상이 안겨준 노년의 영광이야 작지 않겠지만 저는 그 이전에 한 인간으로 그가 살아온 삶을 이야기하고 싶어요. 글릭의 삶은 전혀 평탄하지 못했거든요. 헝가리계 유대인 가정의 딸로 태어났는데, 글릭 이전에 죽은 언니가 있어서 죽은 언니의 그림자를 예민하게 의식하며 자랐고요. 소수민족으로서 소외도 경험했고, 고등학교 때 거식증을 지독하게 앓아 죽을 고비까지 갔다고 해요. 7년간 집중해서 치료하느라 대학을 제대로 다니지 못했기에 그 상실감도 적지 않겠지요. 가장 예쁠 청춘의 시기를 엄청난 고통과 싸우며 통과한 셈이니까요. 또 살던 집이 화재로 전소되는 일도 겪었고요.

크고 작은 '상실'의 경험을 평생토록 겪은 시인이 쓰는 시는 어떠할까요? 자그마치 열세 권의 시집을 냈지만 미국 시단에서의 위치는 다소 애매합니다. 대중의 큰 사랑을 받은 것도 아니고 비평가들의 주목을 크게 받은 것도 아니어서 저는 글릭을 '은자隱者'의 시인이라고 부르기도 한답니다. 노벨문학상을 받았을 당시 어느 인터뷰에서 저는 "고통에서 살아남아 시를 쓴 여성이 노벨문학상을 받은 것만으로도 기쁘다"라는 말을 했는데요. 팬데믹 이후 이 세계가 더 어려워지고, 수많은 이들이 고립된 생활을 하면서 자기 목숨을 저버리는 사례가 많았기에 글릭의 노벨문학상 수상이 갖는 상징성이 저는 더 크게 다가왔어요.

아울러 살면서 겪는 갖가지 고통을 견디고 살아남아서 굳건하게 시를 쓰는 시인의 고투가 참 고맙게 느껴지기도 했고요. 글릭의 시는 절제와 인고의 목소리가 배어 있고, 서정시 형식을 꾸준히 지속하지만 한 목소리가 아닌 여러 목소리로 말을 거는 방식도 독특한데요. 글릭의 시를 가끔 수업에서 가르치기도 했던 터라 저로서는 더할 나위 없이 반가운 일이기도 했지요.

글릭이 노벨문학상을 수상한 이후 한국에도 글릭에 관심을 갖는 독자들이 많아져서 글릭의 시는 이제 우리말로 독자들을 만나고 있는데요. 글릭의 시를 사랑하고 좋아한 제가 우연한 기회에 번역가로 인연이 되어서 지금까지 일곱 권의 시집을 번역했지요. 올여름, 나머지 여섯 권의 시집 번역을 마무리하기 위해서 지금도 매일 루이즈 글릭의 시를 읽고 옮기고 있답니다. 제게 글릭의 시는 친근하면서도 또 까다롭고 어려운 대상인데요. 그 한 예가 바로 시집 『야생 붓꽃』에 실린 「꽃양귀비」라는 시랍니다. 양귀비는 마약이 쉽게 연상되는 꽃이지만, 80여 종이 넘는 양귀비 중에 마약 성분이 있는 종류는 네 종류에 불과하고 대부분은 마약과 상관없이 예쁘게 피어난다고 해요. 저는 글릭 덕분에 꽃양귀비를 세심하게 살펴보게 되었는데요. 알고 보니 들판에 붉디붉게 무리지어 피어나는 아주 강렬하고 아름다운 꽃이더라고요. 그 꽃의 목소리를 빌려서 시인은 사람들에게 말을 건네는데요. 이 시가 흥미로운 이유는 첫 줄부터 다소 의미심장한 선포를 하는데, 위대한 것은 생각이 아니라 느낌이라고 선전포고를 하거든요.

위대함을 이야기할 때 우리는 의지나 정신작용과 쉽게 연결하지 느낌과 연결하지는 않습니다. 시의 원문과 제 번역시집을 비교해서 읽어보면, 시 앞부분에 나오는 두 단어가 'mind'와 'feeling'인데요. 인간의 역사를 보면 'mind(마음/생각)'에 연관되는 이성의 작용, 생각과 의식, 지적인 사유 작용과 관련된 활동은 대개 높은 평가를 받아왔고 'feeling', 즉 느낌이나 감각적인 부분은 논리나 이성보다 아래에 있는 것으로 치부되어왔지요. 그래서 우리는 느낌을 밀쳐두고 이성적인 생각에 더 의지하도록 훈련받지요. '너는 참 이성적인 사람이야'라고 하면 대개 좋은 뜻으로 여기고, '너는 감정적인 것 같아'라고 하면 큰 흠이라도 들킨 것처럼 무안해지지요. 그런데 시인은 첫 줄부터 거기에 반기를 듭니다. 느낌이 중요하다고요. 느낌으로 가슴을 열어 보이는 일이 중요하다고요 그러면서 붉디붉은 꽃양귀비는 인간들에게 묻습니다. 가슴을 언제 열어보았는지, 혹 까마득한 전생의 기억은 아닌지, 그래서 잊어버리진 않았는지.

가슴을 여는 일은 자신을 보여주는 일이겠지요. 자신의 속마음을 그대로 드러내는 일, 쉬운 것 같지만 쉽지 않습니다. 그러고 보니 현대인의 미덕은 자신을 숨기는 데 있다고 우리는 배워온 것 같아요. 점잖음으로 무장하라고, 마음을 감추라고, 그게 지혜라고. 마음을 주지 말고 생각을 들키지 말라고. 이런 전략이 처세술의 큰 미덕으로 간주되면서 우리는 저마다 감추는 데 급급하고 때로 위선의 가면을 쓰기도 합니다.

붉은 꽃의 마지막 고백은 서늘하고 처절하게 들립니다. "나는 말을 해요, / 산산이 부서졌으니까요." 영시 원문 "I speak / because I am shattered"에서 'shatter'는 '산산이 부수다'라는 의미로, 희망이나 신념이 산산조각 나는 경우에도 쓰입니다. 이 시는 고맙게도 어느 시인이 저보다 앞서 한국의 독자에게 소개한 적이 있습니다. 그분은 시의 마지막

부분을 '바닥에 꽃잎마다 붉게 흩어지고 있으니'로 번역했는데, 저는 다른 생각을 해보았습니다. 꽃양귀비는 들판에 피어 흔들리는 모습 자체가 산산이 부서져 흔들리는 듯합니다. 그래서 의역보다는 시인이 했던 말의 원래 형태를 찬찬히 응시하는 쪽을 택해 "나는 말을 해요, / 산산이 부서졌으니까요"로 옮겼지요.

곰곰이 생각해보면, 말을 하는 발화 행위 자체가 어떤 절박함의 산물입니다. 말을 하지 않으면 안 되는 존재론적 위기가 이 간결한 선언에 숨어 있습니다. 꽃은 피어남으로써 말을 하고, 그 말은 산산조각 부서지는 아픔을 통과한, 다 말하지 못하고 감당했던 고통과 아픔 이후에 피어난 꽃의 선연한 고백입니다.

「꽃양귀비」뿐만 아니라 글릭의 많은 시는 간절한 기도처럼 읽힙니다. 기도는 원하는 것을 절대자에게 청원하는 것이지만, 그보다도 그 이전에, 말을 건네는 일이지요. 그리고 말을 건네는 것은 부서진 마음을 드러내는 일이고요. 글릭의 시를 읽으며 생각하다 보니 기도할 때조차 짐짓 점잖은 위선을 가면처럼 쓰고 있지는 않았는지, 말하지 않아도 알아달라는 자세로 버티진 않았는지, 부서진 마음과 절실한 느낌을 감추고 겸양을 떨며 반쪽짜리 기도를 한 건 아닌지 돌아보게 되었답니다.

그래서 떼쓰는 아이처럼 열렬히 말을 걸어도 된다고 저

를 조금 더 내려놓기로 했습니다. 시가 만들어준 변화입니다. 네 솔직한 느낌을 말하라고, 온갖 거친 소란과 아우성으로 어지러운 세상에 소란을 얹는 건 아닌지 너무 조심하지 않아도 된다고 말입니다. 그래도 괜찮다고요. 그래서 이제부턴 더 많이 말하려고요. 이건 이렇고 저건 저렇고요, 하며 가감 없이 더 많이 고백하고 제 멍든 마음, 핏빛으로 상처 입은 가슴도 더 용기 있게 열어 보이려고요. 제 허물을, 부끄러움을, 상처를, 아픔을, 그대로 드러내려고요.

내 말을 하는 것도 중요하지만, 타인이 말을 할 때 그 말을 들어주는 것도 중요합니다. 우리는 말을 하고 또 말을 들어야 합니다. 억압된 말, 통제된 말, 하지 못한 말은 반드시 되돌아옵니다. 감춰진 느낌, 억지로 지워진 감정은 다시 되살아납니다. 매일 다치고 부서지는 우리, 그 말들이 다 들리는 소리로 나오지는 않더라도, 부서졌던 마음들이 기도 안에서 제 목소리를 얻는 상상을 해봅니다.

그 말들은 천상의 햇살을 받아 저마다 환한 꽃으로 피어날 거라고요. 그분은 다 아실 거라고요. 꽃양귀비의 목소리를 받아 적으면서 이 책에서 시 전문을 다 싣지 못했는데요. 제가 하는 번역이지만 저작권 협의에서 시 전편을 인용할 수 없는 상황이라서, 시가 궁금하신 분들은 글릭의 시집을 직접 읽어보실 것을 권해드립니다. 시집 한 권이 커피 두 잔으로 교환 가치가 매겨지는 세상에서 여기 시가 실리지 않았다 해서 노여워하시지 않기를 바라며 글을 맺습니다. 산산이 부서지면서 피어나는 꽃처럼 그렇게 매일 상처 속에서도 피어나는 삶이 있고, 시의 선물이 있으니까요.